中公文庫

北条早雲 5

疾風怒濤篇

富樫倫太郎

中央公論新社

目次

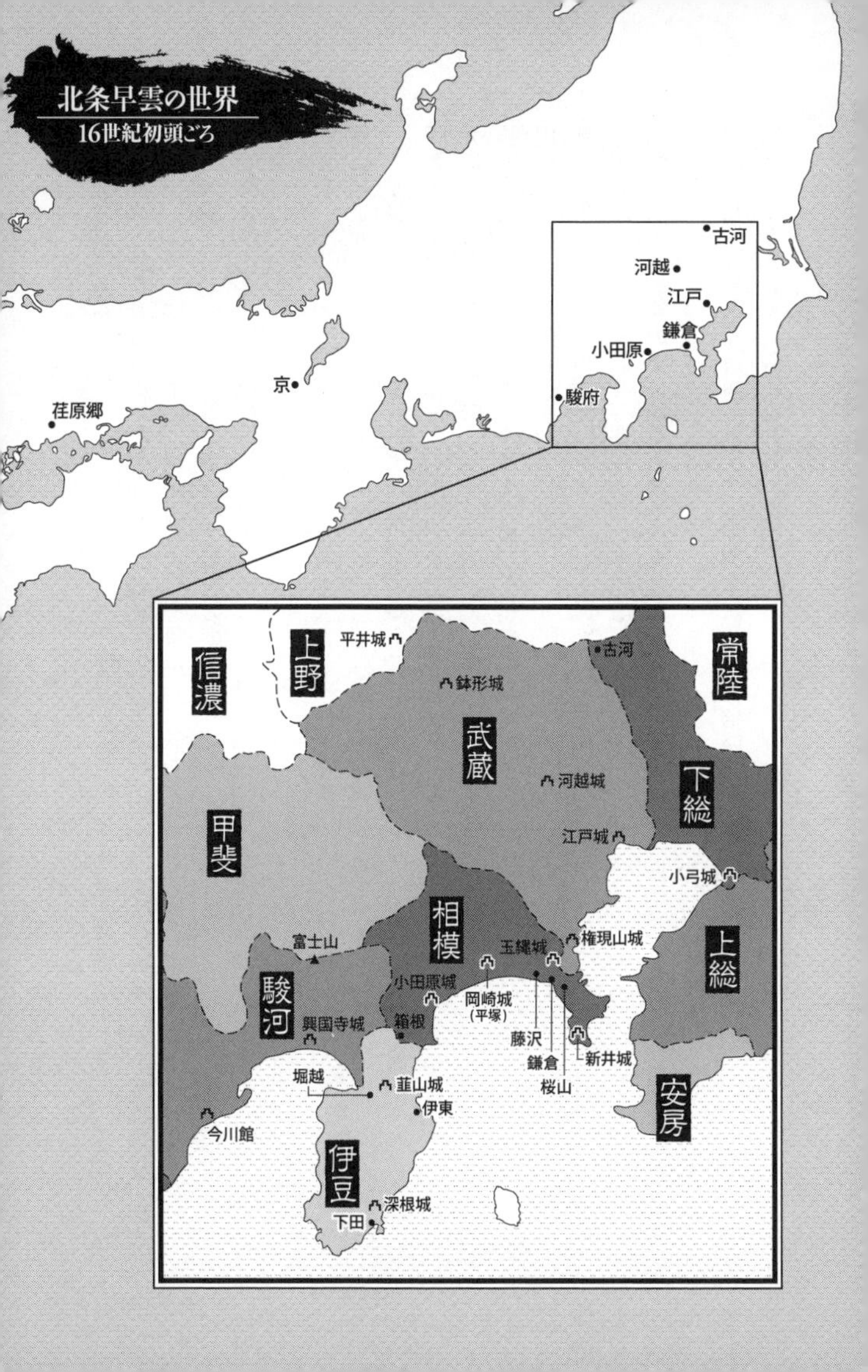

北条早雲の世界
16世紀初頭ごろ

古河
河越
江戸
鎌倉
小田原
駿府
京
荏原郷

上野
信濃
常陸
平井城
古河
鉢形城
武蔵
河越城
下総
甲斐
江戸城
小弓城
相模
富士山
玉縄城
権現山城
上総
駿河
小田原城
岡崎城
（平塚）
興国寺城
箱根
藤沢
鎌倉
桜山
新井城
堀越
韮山城
伊東
安房
今川館
伊豆
深根城
下田

【主な登場人物】

伊勢宗瑞　伊勢新九郎改め早雲庵宗瑞、後の「北条早雲」。室町幕府九代将軍・足利義尚の奉公衆を辞し駿河へ下向。伊豆討ち入りを果たし大名となり、さらなる東進を画する。

氏綱　宗瑞の嫡男。母は宗瑞の二番目の妻・真砂。

伊豆千代丸　氏綱の嫡男。後の氏康。

門都普　山の民の子。宗瑞の幼少期より友人として支える。

葛山紀之介　宗瑞の現在の妻・田鶴の弟。宗瑞の信厚く、側に仕えている。

盛繁　紀之介の嫡男。いずれ葛山家の当主に。

伊奈十兵衛　紀之介の次男。韮山の名家・伊奈家の養子となっている。

大道寺弓太郎　宗瑞の従弟。

松田信之介　実務に長け、伊勢氏の民政を任されている。

円覚　伊勢氏の軍配者。足利学校出身。

風間五平　一族で「風間党」を成し、宗瑞のため間諜を務めている。

今川氏親　駿河の守護で、宗瑞の甥にあたる。

伽耶　宗瑞の最初の妻。幼子・鶴千代丸とともに早世。

宗順　伊豆の香山寺再興のため、宗瑞が大徳寺から招いた僧。

宗清　宗順とともに香山寺に赴いた僧。

山内顕定　関東の領有をめぐって争う両上杉の一・山内上杉氏の当主。

　憲房　顕定の養子。通名は五郎。

　顕実　顕定の養子。通名は四郎。

牧水軒　山内顕定の軍配者。

扇谷朝良　関東の領有をめぐる両上杉の一・扇谷上杉氏の当主。

　朝興　朝良の養子。

鹿苑軒　扇谷朝良の軍配者。

三浦道寸　東相模の豪族・三浦氏の当主。

　義意　道寸の嫡男。通名は荒次郎。

獅子王院　三浦氏の軍配者。

星雅　扇谷上杉家にて太田道灌、扇谷定正に仕え、当代随一と謳われた軍配者。いまは駿河の氏親の元にいる。

北条早雲5

疾風怒濤篇

第一部　権現山

一

越後における争乱が関東の政治情勢に大きな影響を与えている。

事の発端は、守護代・長尾為景が越後守護・上杉房能を自害に追い込んだことである。

永正四年（一五〇七）八月七日のことだ。

為景は房能の養子・定実を守護に据えたが、実権を握ったのは為景であり、定実は傀儡に過ぎなかった。

これに怒ったのが山内上杉氏の当主・顕定である。

死んだ房能は顕定の弟なのだ。

二年後、顕定は満を持して越後に出陣した。為景と定実を討伐するためである。

為景には強大な山内上杉軍と独力で戦うことができるほどの力はない。武蔵で争乱を起こすことで顕定を牽制しようとした。敵の敵は味方……という言葉に従い、為景は顕定と対立する伊勢宗瑞と誼を結ぼうと図った。

東相模進出の機会を窺っていた宗瑞は、この誘いに乗った。

その結果、永正六年（一五〇九）八月、宗瑞の率いる伊勢軍と扇谷朝興・三浦道寸の連合軍が平塚で衝突した。平塚の戦いである。

この戦いに勝利した宗瑞は扇谷上杉氏の本拠・江戸城に迫った。

その直後の九月、大軍を率いて越後に乱入した山内上杉軍は為景と定実の越後軍を撃破した。為景と定実は佐渡に逃げた。

顕定と、その養子・憲房は越後で年を越した。

顕定の留守を狙うように、宗瑞はたびたび東相模や武蔵に兵を出した。いくつかの城や砦を落とし、小さな勝利を積み重ねて少しずつ勢力を広げた。

扇谷上杉氏は真正面から宗瑞と戦おうとせず、それは東相模を支配する三浦道寸も同じだった。

彼らは宗瑞を恐れていたわけではなく、顕定が越後から戻ってくるのを待っていたのである。顕定が戻り次第、山内上杉氏、扇谷上杉氏、三浦氏の連合軍が小田原に向けて侵攻する計画だった。それまでは宗瑞をまともに相手にせず、兵を温存しようというのが扇谷朝良、三浦道寸の考えだったのである。

もちろん、宗瑞にも相手の考えは読めている。

だからこそ、顕定が関東に戻る前に少しでも成果を上げようとしたのだし、密かに敵方に調略の手を伸ばしてもいた。調略は宗瑞が好んで使ったやり方で、大森氏を滅ぼしたときには、調略が大いに役に立った。調略には手間暇もかかるし、金もかかるが、戦と違って人が死ぬことはない。

永正七年（一五一〇）の前半、扇谷朝良、三浦道寸は着々と戦支度を調え、宗瑞は軍事的成果を積み重ねながら調略に余念がない……今にも何かが起こりそうなきな臭い雰囲気が漂っており、きっかけがあれば、すぐにでも大きな戦いが始まりそうだった。そのきっかけとは、すなわち、顕定の帰還である。

が……。

六月下旬、越後の長尾為景から韮山の宗瑞のもとに使者がやって来た。その使者は恐るべき知らせを宗瑞に伝えた。関東の政治情勢が一変しかねないほどの知らせであった。

顕定が死んだ、というのだ。

「信じられぬ話よ……」

宗瑞が溜息を洩らす。

韮山城の広間には、宗瑞の他に氏綱、弓太郎、円覚、紀之介、門都普が顔を揃えている。

「何かの間違いということはないのでしょうか？」

氏綱が首を捻る。

戦に勝ち負けはつきものだ。

しかし、いくら戦に敗れたとしても、総大将が討ち取られるというのは滅多にあることではない。敗色が濃くなると、味方を置き去りにして逃げるのが当たり前だからである。だからこそ、本陣というのは最後方に位置しているのだ。

「大急ぎで山内上杉の様子を調べてみたが、家中ではすでに四郎殿が御屋形さまと呼ばれているという。山内殿が敗死したのは確かだと思う」

門都普が言う。

四郎というのは顕定の養子・顕実のことである。

顕実は、初代の古河公方・足利成氏の次男で、二代目の古河公方・政氏の弟である。まだ十九歳の若者だ。

顕定のもう一人の養子・憲房は四十四歳という壮年で、戦もうまく、政の経験も豊富だが、顕定は古河公方家との繋がりを重んじ、若い顕実を後継者に指名していた。「四郎」という名は顕定の通名で、この名乗りを許されることが跡取りの証であった。

前年の夏、大軍を率いて越後に侵攻した顕定は、為景と定実の軍勢を鎧袖一触、一蹴、越後の支配者として君臨することになった。

しかしながら、越後の国人は一筋縄ではいかない曲者ばかりで、顕定は、その統治に手を焼いた。

元々、人の話をよく聞いて公平な裁きをするという男ではない。好き嫌いが激しく、その場の気分で白を黒と言ったり、黒を白と言ったりする男なのである。

越後の国人が顕定を見限るのに、さして時間はかからなかった。彼らが指図に従わないことに怒り、顕定は高梨政盛の拠る椎谷城を攻めた。かねてより高梨政盛が為景に心を寄せていることを知っていたので、

「為景に味方し、わしを侮るとこうなるのだぞ」

という見せしめにするつもりだった。

ところが、戦上手の高梨に翻弄され、まさかの敗北を喫した。六月十二日のことである。

越後の国人たちが喜んだのは言うまでもない。

軍事的に見れば、局地戦で敗れたに過ぎなかったが、その敗北の政治的な意味は大きかった。

「ひとまず関東に帰って態勢を立て直し、改めて越後に戻ればよいのです」

牧水軒の勧めもあり、顕定は越後からの撤兵を決断した。

これを知った為景は直ちに兵を率いて顕定を追撃した。

ようやく故郷に帰ることができる……山内上杉軍の兵は気が緩んでいた。為景に追われ

ていることを知ると、そこに踏み止まって戦おうとするのではなく、先を急ごうとした。そこに焦りが生じた。追われる者には恐怖心が湧くものだ。我先にと街道を走り出す。

道の先には高梨政盛が待ち構えていた。

兵法の初歩である。

いや、兵法というより狩猟の初歩と言っていい。

獲物を背後から追い立て、狩人が待ち構えている場所に追い込んで仕留めるというやり方だ。

この場合、追い立てる勢子を務めたのが為景で、狩人が高梨政盛ということになる。高梨軍は狭隘部で待ち伏せ、山内上杉軍が二列縦隊で進んでくるところに猛烈な勢いで矢の雨を降らせた。立ち往生する山内上杉軍の背後から為景の軍勢が迫る。

ここに至って、ようやく顕定は越後軍との戦いを決意する。街道を逸れ、長森原という、やや開けた場所に布陣した。

だが、決断が遅すぎた。

街道から移動する間に浮き足立った兵どもが続々と離脱し、勝手に逃げたのである。

八千の兵を率いて越後に乗り込んできたというのに、この最も深刻な場面で、顕定の配下には三千の兵しか残っていなかった。

為景の軍勢は四千、高梨の軍勢は一千、合わせて五千である。その差は二千に過ぎないが、士気がまるで違っている。越後勢はもう戦に勝ったつもりで生気に満ち溢れているが、山内上杉軍は怖じ気づいて逃げ腰である。

戦いは、わずか一刻（二時間）で決着した。

顕定が敵の矢に倒れ、そこに越後兵が群がって顕定の首を取ったとき、山内上杉軍は崩壊した。一千近くの兵が討ち取られたというが、これは常識的にはあり得ない数で、事実であれば、空前の大敗北と言うしかない。牧水軒も顕定に殉じて、長森原で死んだ。

「人の死を喜ぶのは不謹慎だと承知しているが、山内殿が死んだのは、われらにとってはありがたい」

弓太郎が言う。本心であろう。

「確かに」

紀之介がうなずく。

「扇谷上杉や三浦は山内殿が武蔵に戻るのを首を長くして待っていたでしょうから」

「うんうん」

宗瑞が二度三度と大きくうなずく。

紀之介の言う通り、顕定が武蔵に戻ってくれれば、扇谷上杉氏や三浦氏と共に小田原攻めを敢行したであろうし、その総勢は優に一万を超えたに違いない。

それほどの大軍をいかにして迎え撃つか、この一年、宗瑞はひたすらそのことばかり考え続けてきた。伊豆と西相模の兵を掻き集めても、せいぜい、五千から六千というところで、とても独力では太刀打ちできそうにない。

(やはり、今川に援軍を頼むしかないか……)

最後には、そこに行き着く。

しかし、今川にしても、遠江や三河で絶え間なく合戦を行い、北の武田とも軋轢が生じている。宗瑞が頼み込めば氏親は快く兵を出してくれると思うものの、かなりの無理をさせることになるから、できれば今川の手を借りたくはない。

そんな思案を繰り返しているところに顕定の死が伝えられた。弓太郎の言うように不謹慎かもしれないが、今の伊勢氏にとっては朗報である。

「山内上杉は、しばらく戦どころではないだろう。山内殿が討ち取られただけでなく、多くの兵も失った。八千の兵を越後に連れて行ったというが、武蔵に戻ってきたのは、わずか二千だという」

門都普が言うと、

「八千が二千になったのか……」

皆が溜息を洩らす。

「兵を失っただけではない。跡目を巡って、ぎくしゃくしているという噂もある」

「四郎殿が後を継いだと言ったではないか」

弓太郎が門都普に訊く。

「うむ。それは間違いない。だが、誰もが納得しているわけではなさそうだ」

四郎顕実が顕定の養子になったのは三年前で、それまでは憲房が後継者と目されていた。憲房が後継者だと顕定が明言していたわけではないが、否定もしなかったから誰もが顕定の次は憲房が継ぐのだろうと思っていた。憲房自身、そのつもりでいた。

そこに突然、古河公方家から顕実がやって来て、

「わしの後を継いでもらう。四郎と名乗るがよい」

と、顕定が言い出したから、当然ながら、憲房としては面白くない。

「戦も政もわからぬ若造に何ができる」

という悔しさがある。

もちろん、顕定が生きている頃は、そんな態度は決して表に出さなかったが、顕定が死ねば、そうはいかない。家中にも、若い顕実よりも経験豊富な憲房の方が当主にふさわしいのではないか、と憲房に味方する者たちがいる。

顕定の喪中ということもあり、両者の対立は今のところ表面化していないが、いずれ家督を巡る争いが生じるのは間違いない、と門都普は断言する。その兆候はいくらでもある、と言うのだ。

「そうだとすれば、今の山内上杉には相模に兵を出す余裕などないということですね、父

上？」

氏綱が宗瑞に顔を向ける。

「そうだろうな」

宗瑞がうなずく。

「扇谷上杉と三浦だけでは小田原を攻めようとは考えぬであろうよ。そう思わぬか、円覚？」

「おっしゃる通りにございます」

それまで黙って皆の話を聞いていた円覚が口を開く。

「裏を返せば、われらにとっては、またとない好機ということでございます。今こそ兵を動かすべきときであると存じます」

「となると権現山（ごんげんやま）だな」

「はい」

「小田原を救うために練り上げた策でしたが、こうなってみると、もっと役立ってくれそうでございますな」

円覚が嬉しそうに言う。

「上田（うえだ）の裏切りは間違いないのだな？」

弓太郎が円覚に訊く。

「間違いございませぬ」

円覚がうなずく。

顕定が武蔵に戻り、扇谷朝良や三浦道寸らと共に西相模に攻め込んできた場合を想定し、宗瑞と円覚は秘策を練り上げた。三者の連合軍が小田原攻めを始めたら、その背後で兵を挙げ、連合軍を挟み撃ちにしようというのだ。

円覚が目を付けたのは朝良の家臣・上田蔵人政盛である。

上田氏は鎌倉時代から続く名家で、代々、扇谷上杉氏に仕え、家中で重きをなしていた。政盛も先代の定正に重用されていた。

しかし、十六年前、定正が急死し、朝良が後を継いでからというもの、口うるさい政盛を朝良が煙たがって遠ざけたため、今は家中で孤立している。

朝良に冷遇されていることを政盛が恨んでいるという噂を知り、円覚が政盛に調略を働きかけたのである。

名家には違いないが、それほどの大勢力というわけではない。上田氏の動員兵力は、せいぜい、三百ほどに過ぎない。

ただ本拠地である権現山城は要害で、しかも、場所がいい。今の横浜市神奈川区幸ケ谷で、ちょうど幸ケ谷公園があるあたりだ。

東相模の東隣であり、江戸城にも近い。

ここで政盛が蜂起し、周辺豪族たちに決起を呼びかけ江戸城を攻める構えを見せれば、三者連合軍は小田原攻めどころではなくなって浮き足立つはずである。もちろん、冷静に考えれば、政盛の呼びかけに応じる豪族がどれだけいるかわからないし、政盛には独力で江戸城を攻める力はない。

しかし、戦というのは現実性があるかどうかという以上に心理的な揺さぶりがモノを言う。余裕綽々で攻めて来る敵と戦うより、動揺して浮き足立っている敵と戦う方がはるかに楽なのだ。

宗瑞は、そこに勝機を見出そうとした。

が……。

顕定の死によって状況が大きく変わり、権現山城の軍事的・政治的な色合いも変わった。政盛の蜂起が成功し、権現山城の周辺が宗瑞の支配下に入れば、平塚に腰を据えて東相模を支配している三浦道寸を東と西から挟撃する態勢を作ることができる。

それだけではない。

道寸から東相模を奪った後には、権現山城が武蔵侵攻の最前線になる。

更に三浦氏の本拠地である三浦半島を攻めるときにも最前線になる。

権現山城という楔を打ち込むことは、宗瑞にとっては計り知れない大きな旨味になるのだ。逆に言えば、扇谷上杉氏と三浦氏にとっては、権現山城が宗瑞方になることは恐るべき悪夢と言っていい。

「権現山の蔵人殿に手紙を書く。直ちに兵を挙げてもらおう。われらも援軍として出陣する。急いで支度を始めるのだ」

宗瑞が命じると、皆が頭を垂れる。

二

顕定が越後の長森原で討ち死にしたのが六月二十日である。その数日後、宗瑞は長尾為景から顕定の死を知らされた。

顕定を中心にまとまっていた山内上杉氏、扇谷上杉氏、三浦氏が動揺する隙を衝こうと考えた宗瑞は、七月初め、権現山城の上田政盛を使嗾して謀反を起こさせ、同時に宗瑞自身、政盛を支援するために韮山から出陣した。率いた兵は三千である。小田原で二千の兵を加え、都合五千で権現山城に向かう手筈になっている。三浦道寸のいる平塚を通過することになるが、道寸は手出ししないだろうと宗瑞は見切っている。平塚にいる三浦軍は二千足らずで、独力では伊勢軍に太刀打ちできないのだ。

政盛の謀反を知れば、当然、主である扇谷朝良は黙っていない。討伐に向かおうとするだろうが、すぐには出陣の準備も調わないはずであった。山内上杉軍の支援を受けて権現山城に向かうのは早くても七月下旬、準備が遅れれば八月にずれこむかもしれないし、兵力もせいぜい五千くらいであろうと高を括っていた。越後遠征軍が壊滅した山内上杉氏には大軍を動かす余裕はないだろうと考えたからだ。

が……。

そうはならなかった。

政盛の謀反を知るや、山内上杉氏と扇谷上杉氏の連合軍がわずか数日で武蔵から相模に向かった。

しかも、その数は一万二千という大軍だ。

その大軍が権現山城を包囲したのは七月十一日である。

宗瑞と円覚の予想は、ことごとく外れた。敵の動きを見誤った最大の原因は憲房に対する評価の低さである。

強烈な個性を持つ独裁者・顕定の陰に隠れて憲房は目立たない存在だった。顕実が後継者に指名されてから尚更である。

顕実は政にも戦にも経験の少ない若者に過ぎないから、権現山城攻めの中心になるのは朝良であろうと予想していたし、朝良の性格ならば宗瑞にもわかっている。

つまり、宗瑞と円覚は朝良の性格を元にして計画を練ったのだ。

しかし、実際には憲房が連合軍の編成を主導した。

憲房は、政盛の謀反が成功し、権現山城の周辺が宗瑞の支配下に入れば、いずれ三浦氏は東相模から駆逐され、相模全域を宗瑞に奪われることになる、それを防ぐには全力を挙げて権現山城を落とさなければならない、と顕実を説いた。相模を奪えば、宗瑞の勢力は飛躍的に拡大し、その巨大化した勢力は武蔵に雪崩れ込んできて両上杉氏を倒そうとする……それくらいの理屈は顕実にも理解できたから、家督を巡る憲房との不協和音にはとりあえず蓋をし、六千という大軍を憲房に預けて朝良に加勢するように命じた。

顕実に理解できるのならば、当然、朝良にも権現山城の重要性は理解できる。必死に兵を掻き集め、その数は六千に達した。

しかも、憲房は朝良の準備が調うのを待とうとはせず、

「われらは先に権現山に向かいまする故、支度が調い次第、後から来られよ」

と使者に伝えさせ、さっさと出発してしまった。

朝良とすれば、自分の家臣が起こした謀反なのに、主である自分がもたもたしているわけにはいかないので、普段の朝良とは別人のように家臣たちを叱咤し、兵をまとめて憲房の後を追った。

だからこそ、政盛が謀反を起こして十日も経たないうちに一万二千の軍勢が権現山城を囲むことができたのである。

城内は恐慌状態に陥っている。

立て籠もっているのは六百人ほどだが、半分は女子供と年寄りである。戦うことのでき

る兵は三百に過ぎない。

「話が違うではないか」

政盛自身、混乱している。

宗瑞からの連絡では、敵軍が権現山城に現れる前に伊勢軍が到着しており、城の周囲に頑強に防御陣地を築いて敵を迎え撃つことになるということだった。伊勢軍の到着は遅くても七月中旬、敵がやって来るのは、もっと遅いはずだから時間的な余裕は十分にあると聞かされた。

しかし、先に現れたのは敵軍である。

政盛は宗瑞の説明を鵜呑みにしていたので、兵糧も十分に運び込んでいないし、防御陣地などまるっきり手付かずだ。

そもそも、城と言っても、規模も大したことはないし、さほど頑丈な造りではない。砦という方が似合っている程度の小城に過ぎないのである。

ただひとつ、立地だけはいい。

城の南は海で、眼下にまで波が押し寄せている。

遠浅の穏やかな海ではなく、岸からすぐに深みになっていて、流れが速く波が荒い。南側から城に近付くのは無理である。

北側は田圃だが、ここだけは城に籠もる前に手を入れ、川から水を引き込んだせいで田圃が沼地のようになっている。馬は立ち往生するだろうし、膝まで泥に埋まってしまうので人が歩くのも大変だ。迂闊に足を踏み入れると馬も人も身動きが取れなくなってしまうであろう。

西側には小高い山々が連なり、木立と茂みが密集しているから大人数が移動するのは容易ではない。

三方向が難所なので、城に近付こうとすれば東側しかない。

しかし、東側が攻めやすいわけではない。他の方向から攻めるよりはまし、という程度に過ぎない。

城が小高い丘の上にあるので、東側から近付くときも幅の狭い道を上らなければならない。せいぜい二列縦隊で進むくらいの道幅しかないので、守る側からすれば、近付いてきた敵を弓矢で狙うのは、さして難しいことではない。

すなわち、権現山城は天然の要害であり、守るに易しく攻めるに難しい城なのだ。十分な兵糧と武器の蓄えがあれば、たとえ十倍の敵に攻められても、そう簡単には落ちないであろう。

だが、一万二千という途方もない大軍に包囲されると、あまりにも権現山城はちっぽけであった。城内の物見台に登ると、見渡す限り敵兵が満ち満ちている。女たちは恐ろしさで涙を流し、子供たちは怯えて泣き喚いた。男たちの顔にも不安が色濃く滲んでいる。

広間では政盛を中心に頻繁に軍議が開かれているが、取り立てて話し合うことなどない。城側から攻めることなど論外だから、いかにして守るかという話になる。重要なのは武器と食糧である。どちらも乏しい。矢を数えると三千本ほどあった。兵が三百だから、一人あたり十本という計算だ。

「たった、それだけか……」

というのが政盛らの実感である。

たとえ、すべての矢が敵を倒したとしても（実際には不可能だが）、まだ九千の敵が残る。しかも、矢が尽きれば、もはや戦う術はない。

刀だけでは、とても歯が立たない。

食糧はどうかと言えば、せいぜい、十日分の蓄えしかない。食糧以上に深刻なのが飲み水の確保だ。城内には井戸がひとつしかなく、しかも、水の出が悪い。普段は井戸よりも雨水に頼っているのが実状なのである。ここ数日、雨が降っていないせいで井戸も水嵩が減り、釣瓶で水を汲み上げても、かなりの泥が混じっており、とても飲めたものではない。こういう場合に備えて、いくつもの大きな瓶に水を蓄えてあるものの、普段と同じような使い方をすれば三日くらいでなくなってしまう。

水も食糧も一人あたりの割り当てを減らして少しでも長持ちさせるしかないが、

（いつまで持ちこたえられるかわからぬ……）

というのが政盛の本音である。

城内の窮状を見透かすかのように、包囲軍からは何度となく降伏を促す矢文(やぶみ)が飛んでくる。過ち(あやま)を認めて降伏すれば寛大な処分をしてやろう、というのだ。

もちろん、政盛には、それが口先だけに過ぎないとわかっている。謀反した家臣を許すほど朝良は甘くない。さすがに皆殺しにはされないだろうが、少なくとも政盛と政盛の家族、重臣たちは斬(き)られるに違いない。それだけでも二十人以上になる。

降伏を受け入れないとすれば、いかにして城の守りを固めるか、いかにして水と食糧を長持ちさせるかという話ばかりすることになる。

そして、軍議の最後には、

「伊勢軍は、いつ来るのか？」

と誰もが恨めしげに口にするのが常である。

その宗瑞……。

予想外の速さで両上杉軍が権現山城を包囲したことを知ると、すぐさま五千の兵を率いて小田原を出た。七月十三日には戸塚(とつか)を過ぎ、保土ケ谷(ほどがや)まで進出した。

しかし、そこで進軍を止めた。権現山城まで、わずか一里（約四キロ）である。

そうせざるを得なかった。

小田原を出るときには両上杉軍がどれほどの兵力なのか正確なことがわからなかった。

かなりの大軍だという報告を受けており、中には、

「二万を超える大軍」

という報告もあったが宗瑞は信じなかった。

敵軍の数というのは多く見えるものであり、誇大に報告しがちだということを経験的に知っていたからである。

(恐らく、七千か八千というところだろう。それでもかなりの大軍には違いないが……)

そんな予想をしていた。

だが、それは外れた。

さすがに敵との距離が一里ともなれば、敵方の兵力を正確につかむことができる。

「ざっと一万二千」

という報告を宗瑞も信じるしかない。

「これでは戦いようもありませんな」

戦上手の紀之介も匙(さじ)を投げる。

「しかし、叔父上、権現山城を見捨てることはできませぬぞ」

氏綱が口を開く。

宗瑞の誘いに乗って上田政盛は扇谷朝良に反旗を翻(ひるがえ)したのだ。その政盛を見捨てれば、宗瑞の評判は地に墜(お)ちる。

それだけではない。

東相模には、政盛の他にも宗瑞に味方するべきかどうか迷っている豪族たちがおり、息を殺して権現山城を巡る両上杉氏と伊勢氏の戦いを注視している。宗瑞が対応を誤れば、彼らは宗瑞に味方することを尻込みするであろう。それは相模制覇という宗瑞の悲願が遠のくことを意味する。

それ故、両上杉軍がどれほどの大軍であろうと、宗瑞としては、そう簡単に兵を退くわけにはいかないのである。

「円覚、どうだ？」

宗瑞が円覚に顔を向ける。

「二倍以上の敵が相手では、とても小細工など通用するとは思えません。しかし、何とか敵を権現山城から引き離して野戦に持ち込むことができれば……」

「勝てるか？」

「いいえ、それは難しいだろうと存じます」

円覚が首を振り、申し訳ございませぬ、と頭を垂れる。自分が見通しを誤ったために宗瑞を苦境に立たせることになり、しかも、何ら有効な策を打ち出すこともできないことに軍配者として責任を感じているのだ。

「そうであろうな。わしもいろいろ考えているが、とても勝てそうな気がせぬ。そもそも勝とうと考えるのが間違っているのかもしれぬ」

「それは、どういう意味でございますか？」

氏綱が訊く。

「わしらは敵の動きを甘く見ていた。敵の数も、これほど多いとは思わなかった。後手後手に回って、身動きが取れぬ。戦というのは生き物だから、戦の見通しを誤るのは当たり前と言えば当たり前だが、ここまで大きく見通しが違ってしまえば、戦には勝てぬ。本当であれば、さっさと陣を払って小田原に帰りたいところだが、わしを信じて立ち上がってくれた蔵人殿を見捨てることはできぬ。それ故、上杉との戦に勝つことではなく、いかにして権現山城に立て籠もっている人々を助け出すか、いや、それを第一に、それだけを考えるべきではなかろうか？」

宗瑞が答える。

「殿のお考えは、よくわかります。しかし、それもまた容易なことではありませんな。何しろ、敵は城を十重二十重（とえはたえ）に取り囲んでいるのですから。まさに蟻（あり）の這（は）い出る隙もない」

紀之介が溜息をつく。

「わしらが囮（おとり）となって上杉勢を城から引き離すしかあるまい」

「先程、円覚殿が言われたように野戦に持ち込むということですか？」

紀之介が驚いたように聞き返す。

なるほど、敵が城の包囲を解いて伊勢軍に向かってくれば権現山城に立て籠もっている六百人は助かるかもしれない。

しかし、今度は五千の伊勢軍が一万二千の両上杉軍に包囲殲滅される危険を冒すことになるのだ。

危なすぎるのではないか、と紀之介が懸念を示すが、

「そうしなければならぬのだ。ここで戦わなければ、わしは信義を失うことになる」

そう言われてしまえば、他の者は黙るしかない。

翌日から伊勢軍は両上杉軍に対する攻撃を開始した。

紀之介が一千の兵を率いて、敵軍の背後を攻める。

形勢不利と見れば、直ちに退却する。

宗瑞自身は四千の兵と共に後方に控える。

もし敵軍が紀之介を追ってくれば、紀之介と合流して戦おうというのだ。合戦が始まれば城の包囲は手薄になる。その隙に政盛たちを城から脱出させようという策であった。

が……。

両上杉軍は紀之介の挑発にまったく乗ってこなかった。攻撃されれば反撃するが、紀之介が退却しても、それを追撃しようとはしない。城のそばから離れようとしないのである。

これでは政盛たちは脱出できない。

（くそっ、なぜ、紀之介を追わぬ。わしは、ここにいるのだ。わしと戦えばよかろうが）

珍しく宗瑞は苛立ち、しきりに爪を嚙んだ。

三

山内憲房、扇谷朝良、朝良の軍配者・鹿苑軒。

この三人は頻繁に顔を合わせて城攻めの打ち合わせをしている。打ち合わせといっても特に目新しいことを話し合うわけではない。当初の方針が揺るがないように、方針を再確認するための顔合わせである。

憲房の方針は一貫している。

「権現山城を落とし、謀反人どもの首を刎ねる」

ということである。

それ以外のことは二の次だ。

それ故、伊勢軍の接近を知っても城の包囲を解こうとはしなかった。

「さぞや宗瑞は焦っているであろうよ」

憲房が言うと、

「いかにも」

朝良がうなずく。

「籠城（ろうじょう）している者たちを助けるために、宗瑞はわれらを城から引き離そうとするはず。誰がその手に乗るものか。ひと月でもふた月でも城を囲み続けてやる」

ふふふっ、と憲房が笑う。

「宗瑞は、どう出てくるでしょう？」

朝良が憲房に訊く。

「それは軍配者に訊いてみよう」

憲房が鹿苑軒に顔を向ける。

「われらの背後から盛んに小競（こぜ）り合（あ）いを仕掛けてくるでしょう。われらが腹を立てて敵を追えば、慌てた様子で逃げる。われらが深追いすれば、そこに宗瑞の本軍が待ち構えていて、一気に野外決戦に持ち込む……恐らく、そんなところではないかと思います」

「だが、こちらは一万二千、宗瑞は五千だぞ。それで決戦しようというのか？」

朝良が信じられないという顔になる。

「宗瑞にも勝算はないでしょう。しかし、決戦に持ち込めば、たとえ合戦に敗れたとしても、名前を守ることはできましょう」

「名前を？」

「このまま手をこまねいて権現山城が落ちれば、宗瑞を信じて兵を挙げた上田勢を見捨てたという悪評が立ちます。しかし、決戦すれば、宗瑞は上田勢を守るために二倍以上の敵に立ち向かった義理堅い男だと賞賛されることになります」

「ふうむ、そういうものか。それでは、こちらにとって何もいいことがないではないか」

「これだけ兵の数に差があれば、宗瑞にも勝てよう。しかし、それでは宗瑞の思う壺。上田勢が助かり、宗瑞の名が上がったのでは、何のためにここに来たかわからぬ。それ故、われらは、決して城の包囲を解かぬ。ここから動かぬ。宗瑞の企みの裏をかいてやるのだ。まず城を落として上田勢を血祭りに上げる。宗瑞と戦い、伊勢軍を叩くのは、それからぞ。よいですな？」

念押しするように、憲房が朝良を見る。

「もちろん」

朝良が大きくうなずく。

四

両上杉軍が権現山城を包囲したのが七月十一日である。それから連日、城に猛攻撃を加えている。

いかに権現山城が攻めるに難く守るに易しい城とはいえ、四十倍もの敵に絶え間なく攻められれば、城兵は疲れ果てる。日毎に武器や食糧も減っていき、少しでも食糧を長持ちさせるために配給も減らされる。腹が減れば気力も衰えるし、士気も落ちる。それが自然の成り行きというものだ。

七月十八日の夜、城内で評定が開かれた。

上田政盛が沈痛な表情で、

「水が尽きた」

と口にすると、その場にいる誰もが、

（そのときが来たか）

と重苦しい溜息をついた。

驚く者はいない。水も食糧も武器も備えが十分でないことは最初からわかっていた。最も深刻なのが水で、蓄えが少ない上、雨がまったく降らないので補給しようがない。人は空腹には何日か耐えることができるが、渇きに何日も耐えることはできない。飢える前に渇きで死ぬ者が出るであろう。矢も残り少なくなっている。このままでは自滅だ。

「くそっ、宗瑞に騙された」

恨みがましく悪態をつく者がいる。

「いや、そうではない」

政盛が首を振る。

「宗瑞殿は約束通り、ここに来てくれた。ただ敵軍の動きがもっと早かっただけのこと。敵は一万二千、伊勢軍は五千。とても勝ち目はない。この城を見捨てて、さっさと小田原に帰ってもおかしくないのに、宗瑞殿は何度となく敵の背後を衝こうとしている。決戦に持ち込むことで、この城を救おうとしているのだ」

「そうだとしても、それはうまくいっておりませぬ。このままでは、われらは立ち枯れるしかない。それが嫌なら敵に膝を屈して和を請うしかないでしょう」

「わしは代々の扇谷の御屋形さまに仕えてきた。だから、あの家のやり方はよくわかっている。反旗を翻した者を許すほど寛大ではない。わしの首を差し出すのは構わぬ。それで皆が助かるのであれば、喜んで腹を切る。しかし、それだけでは済むまい。この数日の城攻めで敵方も多くの兵が死んだはずだ。その憎しみをわしらにぶつけるであろうよ。わしもわしの家族も、わしの血縁に連なる者も許されまい。この場にいる重臣たちも同じ運命ぞ。それだけでも百人くらいは斬られるであろう。たとえ生き残ったとしても、働き手になる男や女は奴隷とされ、子供たちは売られるに違いない。働き手にもならず、売り物にもならない年寄りは殺される。それが扇谷のやり方だぞ。そこまで覚悟して和を請うか？」

「……」

言葉を発する者はいない。政盛の言葉が決して大袈裟ではないとわかっているのだ。

やがて、

「一か八か、城から打って出るしかないか……」

政盛がぽつりとつぶやく。

水が尽きたとはいえ、明日の朝ならば、まだ体が動く。

しかし、明後日になれば、喉の渇きに苦しめられ、もはや戦うどころではなくなるであろう。残っている食糧で腹を満たし、すべての武器を手にして、六百人が一丸となって城から打って出れば、何とか血路を開くことができるかもしれない、と政盛が言う。

「うっ……」

誰かが嗚咽(おえつ)を洩らす。

それにつられたように次々と嗚咽が広がっていく。

六百人といっても、戦うことができるのは、その半分に過ぎない。三百人は女子供、年寄りなのである。彼らを守りながら、一万二千もの敵軍の包囲網を突破する……それが夢物語に過ぎないとわかっていながら、それ以外に道がないという絶望感が嗚咽となって表れている。

五

七月十九日早朝、紀之介が慌ただしく宗瑞のもとにやって来る。

「どうした、そんなに慌てて？」

「城から炊事の煙が上がっております」

「ん？」

毎朝のことである。そんなことで何を騒ぐ必要があるのか、という顔だ。

「今までとは煙の数が違うのです」

「……」

宗瑞がハッとする。急いで宿舎を出ると、権現山城の方を仰ぎ見る。

紀之介の言うように、夥しい数の煙が立ち上っている。昨日までとは違う。

「打って出るつもりだな」

宗瑞が舌打ちする。戦いが始まれば、悠長に飯を食っている暇はないから何食分かの弁当をまとめて持ち歩くことになる。多くの弁当を作るために普段より多くの飯を炊かなければならない。

だから、炊事の煙がいつも以上に多いのだ。

そこに氏綱と円覚もやって来る。

紀之介が事情を説明すると、

「無茶なことを……」

氏綱が顔を顰める。

「そうせざるを得ないのであろう。恐らく、水や食い物が底をついてきたのだ」

宗瑞がつぶやく。

「しかし、勝てるはずがない。両上杉の大軍に飲み込まれて、全滅することになります」

円覚が溜息をつく。

「どうなさいますか?」

紀之介が宗瑞に訊く。

「見殺しにはできぬ」

「しかし、それでは敵の罠にはまるようなものですぞ。わずか六百の上田勢を叩くには二千もあれば十分。残りの一万がわれらに襲いかかってくる」

紀之介が厳しい表情になる。

「覚悟の上だ。敵に勝とうとは思っておらぬ。何とか負けぬようにして時間稼ぎをしたいだけだ。上田勢が無事に城から落ち延びることができるように」

「そこまで義理立てする必要があるのですか?」

氏綱が不満そうな顔で訊く。上田勢を救うために、なぜ、伊勢軍全体を危険にさらすようなことをしなければならないのか納得できないのだ。

「伊勢宗瑞という名前を守るためだ。伊勢宗瑞は約束を違(たが)えぬ信義の男だ……これからも、そう思われるためには、ここで戦わなければならぬ」

「しかし、それで命を落としては、どうにもなりますまい」

氏綱が諫(いさ)めるように言う。思い直してほしい、わざわざ勝ち目のない戦をすることはない……そう言いたいのであろう。

「ここでわしの名前を守ることが、後々、おまえの財産になるのだ。目に見えぬ財産だが、何物にも代えがたい貴重な財産なのだぞ」

「よくわかりませぬ」

氏綱が首を振る。

「今はわからずともよい。いずれ、わかるときが来る」

そう言うと、宗瑞は出陣の支度を命じた。


七月十九日の朝、五千の伊勢軍が動いた。

権現山城を包囲する両上杉軍への攻撃を開始したのだ。それまで何度か行ってきたように、少数の兵が小競り合いを仕掛け、敵を怒らせて城から引き離す、というような小細工ではなく、真正面から決戦を挑んだのである。

伊勢軍は三段構えで、前軍が紀之介の二千、中軍が氏綱と円覚の二千、後軍が宗瑞の一千である。

さすがに両上杉軍も、この攻撃を適当にあしらうことはできず、城の包囲に二千の兵を残し、あとの一万が伊勢軍に対峙(たいじ)した。

ここに、世に言う権現山の戦いの火蓋(ひぶた)が切られたのである。

両上杉軍の指揮を執(と)った憲房の方針は一貫している。「動かぬ」ということである。伊勢軍からの攻撃には対処するが、権現山城のそばからは決して離れない、ということだ。

紀之介は戦上手だ。

二千の兵を巧みに動かして、敵を翻弄する。強気に攻め立てて敵を後退させたり、時には、わざと兵を退いて敵を誘ったりする。単調な攻めをするのではなく、押したり退いたりを繰り返しながら、敵に揺さぶりをかけたのだ。いつもならば、敵は、この揺さぶりに惑わされ、紀之介の誘いに乗って嵩に懸かって攻めかかってくるはずだが、何町か追撃すると、そこで兵をまとめて城の近くに戻ってしまう。

「城から離れてはならぬ」

という憲房の戒めが全軍に行き渡っているせいだ。

一刻（二時間）も経つと、紀之介の兵は疲労の色が濃くなってきた。揺さぶりではなく、本当に敵の攻撃を支えきれなくて退却することもあったが、敵が途中で追撃をやめてくれるので命拾いした。

紀之介に代わって、氏綱が最前線に出て戦い始めても敵の方針に変わりはない。

紀之介は宗瑞のもとに馬で駆けつけ、

「殿、どうにもまずい戦です」

と顔を顰めた。

「何が何でも城から人を出さぬ、という考えのようだな。五郎殿は、なかなか手強い」

宗瑞が表情を変えることなく悠然とうなずく。苦戦するのは最初からわかっていたから紀之介の報告を聞いても驚きはない。五郎というのは憲房の通称である。

「敵は城のそばを離れることなく、次々に新手を投入してきます。こちらは休む暇なく戦い続けなければならないのに、向こうは兵を休ませながら戦をしています。このままでは……」

「うむ、わしらが疲れ切った頃合いを見計らって総攻撃を仕掛けるつもりなのであろう。そうなったら、わしらは終わりだ」

宗瑞としては自分自身が一千の兵を率いて戦うことは、できれば避けたいと思っている。伊勢軍には後詰めがない。五千の兵がすべて疲労してしまっては、もう戦いようがないからだ。

しかし、上田勢が城から出て来るまで兵を退くわけにはいかない。

「まさかと思いますが、日が暮れるのを待って城から打って出るつもりなのでは……。それまでは、とても持ちませぬぞ」

「われらが苦戦していることは城からも見えるであろう。何のために、われらが戦っているのか、上田殿にはわかっているはず。機を逃せば、もう城から逃れ出ることはできぬ」

それから更に一刻……。

氏綱軍の疲労の色も濃くなってきた頃、突如、権現山城の門が左右に大きく開かれ、上田勢が一丸となって出てきた。兵たちが壁のように隙間なく楯を並べて密集し、その中に女子供、年寄りを隠し、じりじりと前進する。城を囲んでいた二千の敵は、ここぞとばかりに矢の雨を降らせる。上田勢からの反撃はない。防御だけで手一杯なのだ。

上田勢が城から出たことを知った宗瑞は、直ちに全軍に総攻撃を命じた。両上杉軍に激しい攻撃を仕掛けることで上田勢の脱出を援護しようとしたのだ。

この攻撃に際し、宗瑞は細かい駆け引きなど一切せず、ひたすら前進して敵を攻めるという単純なやり方をした。小細工する余裕も時間もなかったからだ。すでに兵たちは疲れ切っている。力尽きれば、それで終わりなのだ。

両上杉軍は一万二千という大軍で、伊勢軍の二倍以上だ。その気になれば、兵力をふたつに分けて伊勢軍を挟み撃ちにし、包囲殲滅することも可能だったはずである。

だが、両上杉軍は、その単純明快な、しかし、最も効果的なやり方を選択しなかった。

（宗瑞が何を企んでいるかわからぬ……）

憲房も朝良も鹿苑軒も、そう疑った。

伊勢軍の攻撃があまりにも単調なので、かえって、どこかに罠が仕掛けてあるのではないか、と疑ったのである。実際、宗瑞は、これまでの数多くの戦いで、兵法を駆使して様々な工夫を凝らし、敵を欺き翻弄し、当たり前の戦いをしたことがない。そういう背景があるから、伊勢軍の攻撃を勝手に深読みして憲房たちは疑心暗鬼に陥ったのである。

伊勢軍は一丸となって権現山城を目指して進み、あたかも錐が回転して穴を開けるように両上杉軍の布陣をずたずたに切り裂いた。その攻撃の凄まじさに両上杉軍は浮き足立ち、態勢を立て直すために憲房は権現山城を包囲している二千を急遽、手許に呼び戻さなければならなくなった。

その隙に上田勢は一気に権現山を下ることができた。もっとも、そのときには六百人が四百人に減っていた。それほど包囲軍の攻撃は厳しかったのだ。

とは言え、宗瑞の援護がなければ、山を下る前に全滅していたに違いないから、四百人が山を下ることができたのは奇跡のようなものであった。

彼らは地の利を生かし、地元に住む者しか知らないような間道を抜け、両上杉軍の包囲網をかいくぐり、巧みに追跡をかわして安全な場所に逃れることができた。上田勢を救うという宗瑞の目的は、ある程度、成功したことになる。

権現山を目指し、憲房や朝良のいる本陣にまで迫った伊勢軍だが、時間が経てば兵力の差がじわじわとモノを言う。次第に押され気味になり、ついに敵の反撃を支えきれなくなって退却を始めた。そこに両上杉軍が嵩に懸かって攻めかかってくる。

もはや伊勢軍には応戦する力は残っていない。

伊勢軍は崩壊した。

指揮する者も、指揮される兵たちも蜘蛛の子を散らすように敵に背を向けて逃げ出した。

これほど無残な敗北を喫するのは、宗瑞にとっても初めての経験だった。

だが、慌てることもなく絶望もせず落ち着き払っていたのは、当然、こういう結果になるであろうと予想していたからである。

伊勢軍にとって幸いだったのは、すでに太陽が沈みかかっていたことである。

夜の帳が、敗走する伊勢軍の味方であった。

六

権現山での敗北は、宗瑞にとっては、かなり大きな痛手だった。局地戦で敗れた、というだけではない。

上田政盛が権現山城で扇谷上杉氏に反旗を翻したことは政治的に大きな意味を持っていた。この反乱が成功すれば、東相模と武蔵の国境近くに宗瑞は拠点を築くことができた。岡崎城にいる三浦道寸を挟み撃ちにすることも可能だったし、将来的には伊勢氏が武蔵に進出する足掛かりになるはずだった。その目論見が崩れた。

それだけではない。

顕定が越後で戦死したことで山内上杉氏は動揺し、若い顕実が後を継ぐことを不安視する声も出ていたが、権現山における大勝利がそれらの不安を一掃することになった。顕定の後を継いだ顕実の立場は盤石になったし、権現山で指揮を執った憲房は、それまであまり目立たない存在だったが、この勝利で声望が高まった。

もう一人、この戦いの結果、大きな恩恵を被った者がいる。

三浦道寸である。

道寸は慎重すぎるほど慎重な男で、決して無理をしないのが信条だ。だからこそ、伊勢氏の実力と三浦氏の実力を天秤にかけ、とても単独では伊勢氏にかなわないと冷静に判断すると、徹底的に宗瑞との決戦を避け続けてきた。どうしても宗瑞と戦わざるを得ないときには、両上杉氏と連携するのを常とした。

その道寸が、権現山で宗瑞が敗北を喫したことを知るや、

(今こそ千載一遇の好機)

とばかりに積極的に兵を動かし始めた。

権現山での敗北の痛手が癒えるまで、宗瑞は兵を動かすことなどできぬであろうと考え、その隙に三浦氏の勢力を拡大しようと企図したのだ。

伊勢氏が支配する西相模と三浦氏が支配する東相模のちょうど中間付近に領地を持つ豪族たちは、伊勢氏にも三浦氏にもいい顔をし、どっちつかずの曖昧な態度を崩さないことで、どちらからも侵略されないように心を砕いてきた。弱小豪族の処世術と言っていい。

道寸は、そのような曖昧な態度を許さず、

「わしにつくか、それとも、宗瑞につくか?」

という二者択一を迫った。

八月になると大がかりに兵を動かして、態度をはっきりさせない豪族たちを攻め始めた。その先頭に立ったのは道寸の嫡男・荒次郎である。

その結果、三浦氏の勢力圏はじりじりと西に広がっていき、放置すれば遠からず小田原までが狙われかねない事態になった。

ここに至って、ようやく宗瑞も重い腰を上げざるを得なくなった。まだ大きな戦ができる状態ではないが、手をこまねいていれば取り返しのつかないことになる、と判断したのだ。できる限りの手を打たなければ、これまで苦労して築き上げてきたものを失うことになってしまう。

九月中旬、宗瑞は二千の兵を率いて韮山から小田原にやって来た。

すぐに宗瑞、弓太郎、氏綱、円覚、門都普の五人で対策を話し合った。紀之介には韮山の守りを命じたので、ここにはいない。

「どんな様子だ？」

宗瑞が訊く。

「率直に言えば、かなり悪いです」

弓太郎が答える。

「しかし、三浦にもそれほどの兵はあるまい」

三浦氏の本拠は三浦半島の新井(あらい)城である。平塚の岡崎城は、あくまでも東相模支配のための前進基地という位置づけだ。今は当主の道寸がいるから一千以上の兵がいるはずだが、かなり無理をしているに違いない、と宗瑞は見ている。

「岡崎城と、その周辺には二千くらいの兵がいる」

門都普が答える。

伊勢氏の情報収集作業は門都普が一手に担っている。各地に多くの忍びを放って、様々な情報を集めているのだ。門都普が二千と言えば、間違いなく二千の兵がいるに違いなかった。

「それだけの兵を集めているとなると、国境の城や砦を奪うことだけが狙いではないな」

宗瑞の表情が引き締まる。

「もう少し確かなことがわかってから知らせるつもりだったが、もしかすると、また上杉が出てくるかもしれない」

「どちらの上杉だ?」

「両方だ」

「ふうむ、両方か……」

扇谷上杉氏だけならば、たとえ三浦氏の加勢にやって来たとしても、それほどの大軍ではない。せいぜい、三千というところだろう、と宗瑞は思う。

しかし、山内上杉氏も兵を出すとなれば、両軍合わせて五千以上になるであろうし、もっと多いかもしれない。権現山での勝利に味をしめ、その勢いを駆って、一気に小田原を奪い取ってやろう……恐らく、それが扇谷朝良や山内憲房、三浦道寸の考えなのだろう、と宗瑞は推測する。

「小田原を攻める前の露払いというつもりで道寸は兵を動かしているのでしょうか?」

氏綱が宗瑞に顔を向ける。

「露払いで満足はするまい。恐らく、わしらが弱っていると見て、自分の手であわよくば小田原を攻めるつもりだったのではないかな。それを見て、道寸に漁夫の利をさらわれてはたまらぬ、とばかりに上杉も慌てて兵を出すことにしたのではないかな。道寸にとっては、いい迷惑であろうよ」

宗瑞はにやりと笑うと、絵図面を、と氏綱に言う。

氏綱は、あらかじめ用意しておいた絵図面を宗瑞の前に広げる。小田原と平塚の周辺を描いた地図で、山や川、主立った城や砦が描き込まれている。

「三浦は、どこまで出張っている?」

宗瑞が訊くと、弓太郎が、このあたりまで、と絵図面に指を置く。

平塚と小田原の間にはふたつの川が流れている。

平塚寄りの川が葛川(くずかわ)で、小田原寄りの川が中村川である。弓太郎の指は、ふたつの川の間に置かれている。

「ほう、葛川を越えてきたか。それは容易ならぬわ」

三浦軍が中村川まで越えてくることになれば、小田原が脅かされることになる。

「三浦を葛川の向こうに押し返さねばならぬ。上杉がやって来るまでに、な」

宗瑞が言うと、他の者たちがうなずく。

翌日から宗瑞は自ら兵を率いて前線に出た。

三浦氏は岡崎城に二千の兵を集めたが、何事にも慎重な道寸は常に手許に一千の兵を残し、残りの一千で敵方の城や砦を攻撃させた。指揮を執るのは荒次郎である。

一方の宗瑞は韮山から率いてきた二千の兵をすべて使って三浦軍を攻めた。兵力は圧倒的に伊勢軍の方が多いし、兵法に長けた宗瑞が指揮しているのだから、簡単に三浦軍を駆逐できそうなものだったが、実際はそうはならず、かなりの苦戦を強いられた。

その原因は荒次郎である。

荒次郎の武勇は伊勢軍に知れ渡っている。

この頃、荒次郎は白樫の八角棒だけでなく、五尺八寸（約一七五センチ）という正宗の長太刀を腰に帯びている。この長太刀は、古くから三浦家に伝わる家宝である。名刀ではあるが、あまりにも長く重すぎて、今まで実戦に用いた者は一人もいない。その正宗を道寸が荒次郎に与えたのだ。

戦に出ると、荒次郎は軍の先頭に立ち、八角棒を振り回して敵に迫る。七尺五寸（約二二七センチ）の巨人が八角棒を手に、長太刀を背負って近付いて来るのである。場数を踏んだ伊勢軍の兵たちも恐れをなして逃げてしまう。宗瑞は接近戦を避け、投石や弓矢で荒次郎を倒すように命じるが、まるで効き目がない。

荒次郎が出てくると、伊勢軍は必ず苦戦した。それでも、次第に兵力差がモノを言って、十月中旬には三浦軍を葛川の東に押し戻すことに成功した。

その直後、恐れていた事態が現実のものとなった。

四千の両上杉軍が平塚に到着したのだ。

七

両上杉軍の到着は宗瑞に深刻な危機感を抱かせた。

ひとつだけ宗瑞にとって幸運だったのは、両上杉軍の兵力が予想よりも少なかったことである。

（両上杉が出てくるのなら、少なくとも五千以上の兵を連れて来るであろう）

と、宗瑞は想像していた。

三浦軍の二千と合わせれば、七千以上になる。

とても伊勢軍に勝ち目はない。

それが思いがけず四千である。扇谷朝良が二千、山内憲房が二千を率いている。もちろん、それでも大軍には違いない。三浦軍と合流すれば六千だ。宗瑞の方は、韮山から連れてきた二千と小田原の二千を合わせても四千に過ぎない。

やはり、苦戦は必至である。

宗瑞は門都普を呼び、なぜ、両上杉の兵が予想よりも少ないのか、急いで調べるように命じた。

「承知した」

今や門都普の情報網は関東全域にまで広がっている。物売りや修験者になりすました数多くの配下の忍びたちが様々な土地を歩いて情報収集に努めているのだ。集めた情報を素早く門都普のもとに送る手段も構築されている。逆の流れで、門都普の指示を忍びたちに送ることもできる。門都普は忍びたちに指示を与えるために小田原から姿を消した。

数日後、門都普が戻った。

「わかったか?」

「うむ。今回の出兵について、どうやら山内上杉の家中で一悶着あったらしい……」

顕定が越後で敗死した後、古河公方・足利政氏の弟・顕実が山内上杉氏の家督を継ぎ、関東管領となった。まだ十九歳の若者で、政治的にも軍事的にも、何の経験もなく、その手腕は未知数である。顕定の後継者になることができたのは、顕定が古河公方家との結びつきを重視していたからで、つまり、血筋がモノを言ったのだ。

顕実が後継者に指名されるまでは、顕定の養子・憲房が後継者と目されていた。憲房は四十四歳で、戦もうまく、政治力にも長けていた。顕定の補佐役としての役割を十分すぎるほどに果たしてきた。

実際、山内上杉内部には経験豊富な憲房を推す一派も存在し、その一派の勢力がかなり大きいこともあって、山内上杉が分裂して戦い始めるのではないか、という噂が流れたほどである。

しかし、当事者である憲房自身が、

「御屋形さまの喪に服さねばならぬときに身内同士が争うような真似をしてはならぬ」

と、憲房を推す者たちを戒め、新たな御屋形さまである顕実に仕える姿勢を示したため、とりあえず、火種は収まった。

その直後、権現山で上田政盛が謀反した。

顕実に命じられて、憲房は大軍を率いて権現山に向かった。権現山城を落とし、応援にやって来た伊勢軍を破った。若い顕実に代替わりしたことで山内上杉氏の先行きを危ぶむ声もあったが、この大勝利は、それらの声を封じた。

ところが、皮肉なことに、あまりにも華々しい勝利だったために顕実と憲房の間に亀裂が生じた。

「さすが戦上手よ」

「これで御家も安泰であろう」

と、憲房を賞賛する声に顕実が嫉妬したのだ。

権現山の敗北で伊勢氏の力が弱まった隙を衝いて三浦氏が兵を動かし、あわよくば小田原に迫ろうという勢いを見せ始めた。現実的には三浦氏の兵力だけで小田原を落とすことはできない。両上杉氏の後詰めが必要である。実戦経験のほとんどない顕実にも、これが宗瑞から小田原を奪う絶好の機会であることくらいはわかる。

（わしが行くか）

という気になった。

宗瑞を破って小田原を奪えば、顕実の名は関東全域に響き渡り、一躍、名将と呼ばれることになるであろう。憲房を見返してやることもできる。

しかし、側近たちが止めた。

権現山城を落とすために人と金を惜しみなく使ったため、今、顕実が出陣することになっても、それほど多くの兵を率いていくことはできない。金もなく、兵糧も不足しているから、せいぜい五千が限度であろう。それでも大軍には違いないが、

「宗瑞は侮れぬ男でございますぞ。小田原を守るために死に物狂いで戦うに違いありませぬ。伊豆と西相模の兵をすべて注ぎ込み、今川に援軍を請うやもしれませぬ……」

そうなれば伊勢軍の兵力も優に八千を超えるであろう。

顕実が五千、三浦道寸が二千、扇谷朝良が三千とすれば一万である。伊勢軍よりは多いが、絶対的に優勢だ、と安心できるほどではない。一万五千くらいの兵力があれば、まあまあ安心できるが、今はそれだけの兵を動かす余力がない。

「万が一、宗瑞に不覚を取れば、ただならぬことになりかねませぬ」

「確かに」

憲房は権現山で宗瑞に勝った。

もし顕実が小田原で宗瑞に敗れることになれば、やはり、憲房殿の方が山内上杉の主にふさわしいという声が上がるのは避けられないであろう。

「小田原攻めを急ぐ必要はございませぬ。今は足許(あしもと)をしっかり固めることこそが肝心と存じます。服喪中なので、大がかりな戦を控える。喪が明けたならば小田原を攻める……そう言えば誰もが納得しましょう」

近臣の言葉に、

「それも、そうか」

と、顕実は納得し、自らが出陣することは見送った。

とは言え、相模には兵を送らなければならないし、顕実が行かないのであれば憲房を行かせるしかないが、今度もまた憲房に手柄を立てられては困る。顕実の本音としては、宗

瑞に敗れて逃げ帰ってくるくらいで、ちょうどいい。そう考えて憲房には二千の兵しか預けなかった。扇谷朝良にも、

「二千でよかろう」

と、わざわざ指示した。

それで両上杉軍は四千で平塚にやって来た。

道寸は勘のいい男だから、

(山内の御屋形さまには勝とうというつもりがないらしい)

と見抜き、その理由も察した。

若い荒次郎は、

「なぜ、たった四千しか来ないのか？　やる気がないのなら最初から来なければいいではないか」

と憤ったが、そんな荒次郎を、

「わしの前では構わぬが、他の者たちの前でそのようなことを口にしてはならぬぞ」

と、きつく戒め、家督を巡って山内上杉氏内部に微妙な空気が流れていることを説明してやった。

「難しいことはよくわからぬが、それは両上杉が頼りにならぬということか？」

「それほど単純ではないが……そう考えておけば、期待を裏切られることもなかろう」

「よし、わかった。ならば、わし一人で宗瑞を討ち、小田原に攻め込んでやる」

鼻息も荒く、荒次郎は意気込んだ。その言葉通り、次の日から一千の兵を率いて宗瑞方の城や砦を激しく攻め立てた。その勢いに引きずられるように両上杉の軍勢も前線に出る。

宗瑞の予想より少なかったとはいえ、それでも両上杉軍は四千である。両上杉と三浦の連合軍は伊勢軍をかなり上回っている。伊勢軍は苦戦を強いられ、葛川を挟んだ攻防戦が繰り広げられた。

（どうにも守り切れぬわ）

連合軍の攻撃には統一性がない。それは荒次郎が勝手なことをしているからなのだが、そのせいで、常に伊勢軍は荒次郎への対応と連合軍への対応という二面作戦を強いられた。それでなくても少ない兵力をふたつに分けなければならないのだから大変だ。

去年の八月、三浦道寸、扇谷朝興の連合軍と戦ったとき、宗瑞は平塚の戦いで扇谷上杉軍を撃破した。道寸と朝興が指揮権を巡って争い、道寸が岡崎城から動かなかったことが勝因だった。

そのときと今回は事情が違う。

荒次郎の動きは連合軍と連動していないが、だからといって、三浦軍が両上杉軍と協調していないわけではない。道寸自身が五百の兵を率いて、憲房の指揮下に入っているのである。

連合軍の指揮を執っているのが憲房ではなく朝良だったならば、

「なぜ、倅に勝手なことをさせる。おとなしく、わしの下知に従えばよいのだ」

と腹を立てたかもしれないが、朝良よりもずっと戦上手な憲房は、荒次郎が次々と戦果を挙げるのを見て、

「まあ、好きにさせておこう」

と度量の大きさを示した。

そのやり方が功を奏し、伊勢軍は苦戦を強いられているのである。

(まともなやり方をしていたのでは負ける)

そう判断した宗瑞は、門都普を呼んだ。

「山内殿の耳に入るように噂を流してもらいたい」

「うむ」

門都普が無表情にうなずく。宗瑞に呼ばれることを予期し、どんな命令が下されるかもわかっていたような顔である。

宗瑞が流せと命じた噂は、憲房の力で連合軍は遠からず小田原を落とすであろうということ、憲房は小田原に腰を据え、三浦氏を従えて伊豆にも攻め込む腹であること、伊豆と西相模を征したならば、それに三浦の軍勢を加えて武蔵に進み関東管領になるつもりであること……そういう内容であった。

要は、憲房が顕実の地位を脅かそうとしていることが伝わればよいのだ。

顕実の本拠は武蔵の鉢形城である。

その周辺で噂を流せば、いずれ顕実の耳に入るであろう。言うまでもなく、根も葉もないでたらめに過ぎないが、たとえ、でたらめだとしても顕実の心に一抹の疑念を生じさせることができればいい。

「耳に入らなかったら？」

「仕方あるまい」

「耳に入ったとしても山内殿は何もせぬかもしれぬぞ」

「それも仕方ない」

「しかし、このままでは勝てまい」

「うむ、勝てぬ。それ故、思いついたことを何でもやるつもりだ。海や川の深みにはまって溺れた者は、何とか助かろうと必死になる。それと同じよ。いかに見苦しかろうと生きるために何でもやる。戦に負けてはすべてが終わる。そうならぬように、最後の最後まで諦めずにじたばたする」

「わかった。わしも命懸けでやってみよう」

門都普がうなずく。

十一月に入ると、荒次郎と連合軍の攻勢は激しさを増し、ついに伊勢軍の防衛戦を破って葛川を渡った。こうなると、伊勢軍はじりじり後退するしかなくなり、中村川の畔にで追い詰められた。

「やむを得ぬ」

宗瑞は敵に攻められる前に中村川を渡って小田原まで退くことを決めた。川縁で退路を断たれた状態で戦えば、全滅の恐れがある。そんな危険を冒すよりは、いっそ小田原まで戻って態勢を立て直す方がいいと判断したのだ。

宗瑞は氏綱、円覚、弓太郎、紀之介の四人を呼んだ。門都普は武蔵に出かけており、まだ戻っていない。紀之介には韮山の守りを任せてあったが、小田原が危なくなってきたので一千の兵と共に呼び寄せた。それ故、小田原には五千の兵がいる。

一方、敵軍は六千である。

兵力だけを比べれば、それほど大きな差はない。

にもかかわらず、これほど苦戦を強いられているのは、荒次郎の武勇と憲房の冷静沈着な采配(さいはい)のせいであった。

「それぞれ思うところを言うがよい。遠慮はいらぬぞ」

宗瑞が促すと、

「籠城してはいかがでしょう?」

真っ先に氏綱が口を開く。切り出しの速さを考えれば、この話し合いに臨む前から熟慮を重ねていたに違いない。

「ふうむ、籠城か……。して、その後は？」

「向こうも大軍。毎日、兵を食わせるのは大変です。冬になれば兵を退くでしょう。それを待つのです」

「かもしれぬ。しかし、それまで手をこまねいていたのでは、小田原周辺の町や村は敵に略奪されてしまうな。人も物もすべて奪われるぞ。生き残るのは、城に立て籠もった伊勢の兵だけということになる」

「……」

氏綱が口をつぐむ。

「籠城そのものは悪くはないと存じます」

次に円覚が話し始める。

「但し、冬になって敵が引き揚げるのを待つのではなく、今川の援軍を待つのです」

「今川に加勢を頼むのか？」

「すぐに兵を動かすのは無理かもしれませぬが、ひと月もすれば駆けつけてくれるのではないでしょうか」

「今川とて、北や西に敵を抱えている。そう簡単に兵を出してくれるかどうかわからぬ。たとえ出してくれたとしても、果たして、ひと月後なのか、ふた月後なのか……。兵糧は、どれくらいある？」

宗瑞が弓太郎に訊く。

「いつもは三月分は蓄えるようにしていますが、この戦いが始まってから減り続けているので……ざっと、ひと月分でしょうか。出し惜しみして長持ちさせても、そのくらいです」

「ひと月か……」

宗瑞が韮山から連れてきた二千人が小田原城に蓄えられていた兵糧米を食べ続けているから、減り方が激しいのだ。これに紀之介の一千人が加わるから、これからは更に減り方が激しくなるはずであった。

「籠城については、どう思う？」

「間違いなく、ひと月後に今川が来てくれるというのであれば、何とか持ちこたえることもできましょうが、それ以上になってしまうと……」

弓太郎が暗い顔で首を振る。

「ここは籠城ではなく、城を出て戦うしかありますまい。時間が経てば経つほど、こちらが不利になってしまいます。余力のあるうちに決戦するのが最善かと存じます」

紀之介が膝を乗り出す。

「勝てる策はあるか？」

「そ、それは……」

紀之介が言葉に詰まる。そんなうまい策があれば、そもそも小田原まで退却する必要などなかったはずである。

「まず、荒次郎とかいう道寸の倅を何とかしなければ、どうにもなりませぬ。あの男が現れると、兵どもが怯えて逃げ腰になるのです」

円覚が言うと、

「あれは化け物よ」

氏綱が吐き捨てるように言う。

「五郎殿の采配もなかなかのもの。兵の数はそれほど多くないのに、必要なところにはきちんと兵を置いてある。戦の呼吸を心得ている御方ですな」

紀之介が言う。

「こうして話し合いをすると、敵方のよいところばかりが目につくな。黙って聞いていると、とても勝てそうな気がせぬ」

宗瑞が言うと、

「申し訳ございませぬ」

紀之介や円覚が頭を下げる。

「詫(わ)びることはない。本当のことなのだ。この戦に関して、われらはまったく分が悪い。

籠城か決戦か、どちらかに決めなければならぬが……」

宗瑞が腕組みして首を捻る。しばらく思案するが、どちらとも決めかねるらしく、

「明日、もう一度、ここで話し合い、どうするか決めよう。皆も改めて思案を重ねてもらいたい」

話し合いを打ち切ると、宗瑞は持仏堂に籠もった。

座禅を組み、一度、頭の中を真っ白にしようと思った。

半刻（一時間）ほどして……。

氏綱と弓太郎が、

「急ぎ、お知らせしたいことがございます」

と、やって来た。

持仏堂に籠もっているときは、宗瑞が誰にも会わないことは二人も知っている。にもかかわらず、会いに来たということは、よほどの緊急事態が出来したのに違いなかった。

「何事だ？」

持仏堂から出て、宗瑞が訊く。

「三浦勢が葛川を渡って岡崎城に引き揚げております」

弓太郎が言う。

「何だと？」

両上杉軍と三浦軍は、葛川を渡り、今では中村川の畔にまで進出している。中村川を渡れば、小田原は目と鼻の先である。葛川と中村川に挟まれた土地は小田原を攻めるための重要拠点である。なぜ、それを捨てて退却しなければならないのか……宗瑞には不可解であった。

「両上杉は？」

「動きは、ありませぬ」

弓太郎が首を振る。

「では、三浦勢だけが兵を退いたのか？」

「はい」

「何かの偽装でしょうか？」

氏綱が首を捻る。

「あるいは、また両上杉と三浦の間がぎくしゃくしたのか……」

弓太郎がつぶやく。

「あれこれ想像ばかりしていても仕方あるまい。正確なことを知らなければならぬ。何があったのか調べるのだ」

「承知しました」

弓太郎がうなずく。

「何があったにしろ、われらにとって悪いことではありませんね」

氏綱がほっとしたように言う。破竹の勢いで進撃する両上杉軍と三浦軍が、数日中にも中村川を渡って小田原に攻め込んでくるのではないか、と心配していたのだ。三浦軍が岡崎城まで退いたとなれば、その脅威はいくらか和らぐ。

「まだ何とも言えぬわ」

宗瑞は厳しい表情を崩さない。

八

その二日後……。

宗瑞は、氏綱、円覚、弓太郎、紀之介を広間に集めた。武蔵から戻ったばかりの門都普も座に連なっている。

「なぜ、三浦勢が岡崎城に引き揚げたか、その理由がわかった。道寸が怪我をしたのだ」

宗瑞が口を開く。

「道寸が？」

門都普以外の者たちが驚く。

「流れ矢が当たったらしい。もう助かるまいと誰もが諦めたほどの深手だったそうだ。道寸も覚悟を決め、倅の荒次郎に家督を譲った」

門都普が淡々と説明する。

「まことか。道寸が倅に家督を譲った、と？」

弓太郎が上気した顔を両手でぽんぽんと叩く。慌てて家督を譲ったとなれば、よほどの大怪我に違いない。ひょっとすると、すでに道寸はこの世の者ではないかもしれない。それは、伊勢氏にとって、この上ない僥倖（ぎょうこう）であろう。

「死んだのか？」

氏綱も思わず膝を乗り出しながら訊く。

「いや、まだ死んではいない」

門都普が首を振る。

「死を隠しているのではないのか？　戦の最中に主が死んだとなれば、三浦の家中は大騒ぎになる。とても戦など続けられるはずがない。兵を退き、しっかり備えを固めてから道寸が死んだことを明らかにするつもりなのではなかろうか」

紀之介が言う。

「確かに、道寸は生きている、と言い切ることは、わしにもできぬ。死んでいるのかもしれぬ。ただ、ひとつだけはっきりしているのは、三浦勢には戦を続けるつもりがないということだ」

門都普が言う。

「両上杉だけで戦を続け、小田原を攻めようとするでしょうか?」

氏綱が宗瑞に訊く。

「普通に考えれば、それは難しかろうな。のう、円覚?」

宗瑞が円覚に顔を向ける。

「敵が両上杉だけであれば、こちらとしては、かなり戦がやりやすくなります。もはや、籠城を考える必要もなかろうと存じます」

「うむ、こちらの方が兵が多くなったからな」

宗瑞はうなずくと、三浦が動かぬのであれば、小田原でじっとしていることはない、中村川を渡って、こちらから両上杉を攻めてやろう、と夜襲を提案した。

「それは、よきお考えと存じます」

円覚も賛成する。

早速、宗瑞たちは夜襲の支度を始めた。

さすがに今日の夜というわけにはいかないので、明日の夜、決行することにした。

が……。

この夜襲は実行されなかった。

その必要がなくなったのである。

三浦軍に続いて、両上杉軍も退却を始めたのだ。葛川を渡って岡崎城の近くまで戻り、そこに数日、留まっていたが、やがて、山内上杉軍が陣を払って武蔵に向かった。扇谷上杉軍は尚も留まり続けたが、十日ほど後、扇谷上杉軍も山内上杉軍の後を追うように平塚を去った。

宗瑞とすれば、何が起こったのかわからない。

小田原を攻め落とされるかもしれないという絶体絶命の危機に瀕していたのに、いつの間にか潮が引くように危機は去った。そのきっかけが道寸の負傷であることは間違いないが、それにしては両上杉軍の動きが奇妙であった。

その真相が明らかになったのは半月後である。

門都普が探り出した。

「四郎殿が五郎殿を呼び戻したのだ」

「何のためにだ？」

「五郎殿が手柄ばかり立てるのが面白くなかったらしい」

「まさか……」

宗瑞は信じられない。そんな子供じみた馬鹿馬鹿しい理由で、兵を呼び戻すということがあるだろうか、しかも、優位に戦いを続けている真っ最中にである。

「どうやら四郎殿は噂を耳にしたらしい」

門都普がにやりと笑う。

「おお、あれか……」

すっかり忘れていた。

小田原を守るために、宗瑞は考えられる限りの手を打った。そのひとつが、噂を利用することであった。もし憲房が小田原を攻め落とすことになれば、小田原に腰を据えて力を溜め、いずれ武蔵に進撃して顕実から山内上杉の家督を奪おうとする……そんな噂を顕実の本拠・鉢形城周辺で流すように門都普に命じたのである。噂が顕実の耳に入るかどうかわからないし、たとえ耳にしたとしても、顕実がそれを信じるかどうかわからない。作戦とも言えないような作戦だったが、それがうまくいった。現に顕実は勝ち戦を放棄して、憲房を呼び戻した。おかげで宗瑞は絶体絶命の危機から逃れることができた。

「戦というのは兵の数だけで決まるのではないな。そう思わぬか?」

「わしには戦のことはわからぬ」

門都普が興味もなさそうに言う。

九

年が明けて永正八年(一五一一)正月、今川の使者が氏親の手紙を携えて韮山にやって来た。星雅が病に臥しており、もう長くはなさそうだと知らせてきたのだ。星雅自身、死を覚悟している様子だが、できることなら死ぬ前にもう一度だけ宗瑞に会いたいと言っている、というのである。

翌朝早く、宗瑞はわずかの供を連れただけで駿府に向けて出立した。

夕方には今川館に着いた。先触れなしにいきなり訪ねたので、奥から氏親自身が驚いた様子で現れた。

「叔父上、まさか、こんなに早くいらっしゃるとは……」

「星雅殿の具合は、どうなのです？」

「手紙に書いた通りです。よくありません」

「会えますか？」

「はい。叔父上が来たことを知れば、どれほど喜ぶことか。ご案内しましょう」

氏親自らが先になって宗瑞を館に招じ入れる。いかに叔父・甥の間柄とはいえ破格の厚意である。

長い廊下を渡っていく間、ずっと氏親は無言だった。普通なら、互いの近況を話したり、当たり障りのない世間話でもするところだろうが、そういう気持ちにはなれないらしい。星雅の病状がよほど切迫していることが宗瑞にも察せられる。

「ここです」

廊下から病室に入る。控えの間に小者が侍っている。星雅の身の回りの世話をするためだ。

「具合は？」

「眠っておられます」

「そうか。どうなさいますか、叔父上？」

「わざわざ起こすことはありませぬ。目覚めるまで待ちましょう」

宗瑞が言うと、その声が聞こえたのか、襖の向こうから、

「わしならば起きておりますぞ」

という星雅の嗄れた声がする。

小者が襖を開けると、床に臥している星雅の姿が宗瑞にも見える。

「……」

咄嗟に言葉が出てこない。

星雅はひどく面変わりしている。骨と皮ばかりになって、まるで骸骨のように痩せ衰えている。頬骨が浮き上がり、目だけが、今にも眼窩から飛び出してしまいそうなほど大きく見える。胸の上に置かれた腕も痩せ細ってしまい、ひからびた枯れ木のようにしか見えない。

「よく来て下さった」

星雅の黄ばんだ目に涙が溢れる。気力と体力が衰えて涙もろくなっているらしい。こんな星雅の姿を見るのも宗瑞は初めてだ。

「お久し振りでございます。まさか、星雅さまが病に臥せっているとも知らず……。知っていれば、もっと早くお見舞いに伺ったものを」

「いやいや、小田原の戦については耳にしております。戦が終わって、それほど日も経っていないのですから、宗瑞殿はお忙しいはず。そんなときに、こんなところに来ていただいて申し訳ない。しかし、どうしても最後に話したいことがあったのです」

星雅は細い指で涙を拭（ぬぐ）うと氏親に顔を向け、

「御屋形さま、どうか気を悪くしないでいただきたいのですが、宗瑞殿と二人きりにしていただけないでしょうか」

「うむ、心ゆくまで語るがよい。しかし、無理をしてはならぬぞ。疲れは体の毒じゃ」

氏親は腰を上げると、病室を出て襖を閉めた。

病室には星雅と宗瑞の二人だけになる。

「よい御屋形さまだ。そう思いませぬか?」

「血を分けた甥だから誉（ほ）めるわけではありませんが、立派な御屋形さまです」

宗瑞がうなずく。

「幼い頃に苦労なさったと聞いておりますが、少しもひねくれたところがない。政についても常に道理に従い、重臣たちの考えを重んじ、決して無理なことをなさらないので駿河（するが）の国（くに）はよくまとまっております。もう少し戦がうまければ、とうの昔に遠江と三河を従え、甲斐（かい）や信濃（しなの）にまで領地を広げていたかもしれませぬ……」

世の中、なかなか思うようにはいかないものですな、星雅が小さな溜息をつく。

「失礼とは思いますが、横になったままでよいですか？」

「もちろんです。お休みになった方がいいのではありませんか。無理をなさいますな。話ならば、また後からでも……」

「いいえ、話をするのは、さして辛くないのです。しかし、体は思うように動かないので、失礼ながら横になったままで話をさせていただきたいのです。わたしには、もう時間が残っておりません。目を瞑（つむ）って眠るたびに、このまま二度と目覚めることはないのかもしれぬという気がするのです。それ故、今のうちに宗瑞殿と話したいのです。権現山のことですが、宗瑞殿にしては勇み足でしたな」

「おっしゃる通りです。こちらの読みがことごとく外れました」

「それでも、宗瑞殿はここにいる。まだ運があるのです。運に見放されていたら、今頃、宗瑞殿はこの世にはおられぬ。こうして、お目にかかることもなかったでしょう」

「そうですな」

「ものには道理というものがあります。水というものは、上から下に流れるのが当たり前だということは誰でも知っているから、下から上に水を流そうという者はおりませぬ。それを川の流れに喩（たと）えれば、川は山の方から海に向かって流れていく。海から山に向かって流そうとする者はいないでしょうが、山から海に向かっていく道筋を変えようとする者ならいるでしょう。流れを変えて、自分が望む方に川を動かすことくらいならできると考えるのです。しかし、人の力で川の流れを変えるというのは並大抵のことではありませぬ」

「権現山で、わたしが川の流れを変えようとした……そうおっしゃりたいのですね？」

「これまで宗瑞殿は決して無理をなさらなかった。伊豆討ち入りにしても、小田原攻めにしても、機が熟すのを待って、流れに逆らうことなく事を為されてきた。だから、うまくいったのです」

「はい」

「もちろん、権現山に触手を伸ばした気持ちはよくわかります。山内上杉の御屋形さまが越後で討ち死にし、多くの兵を失った。後を継いだ四郎殿は若い。山内上杉の屋台骨が揺らぐのを見て、今のうちに東相模に足場を築いておこうと考えたのでしょう。違いますか？」

「その通りです」

「しかし、宗瑞殿が思っているほど山内上杉の屋台骨は揺らいではおらず、予想を上回る大軍が権現山に押し寄せた。しかも、五郎殿は戦がうまい。これでは宗瑞殿が苦戦するのも無理はない」

「面目ないお話でございます」

『いやいや、宗瑞殿でなくても、千載一遇の好機が来た、と考えるでしょう。しかし、もう一呼吸待つべきでしたな。もし山内上杉が本当に力をなくしていたのであれば、扇谷上杉が動いたはず」

「動いた、というのは？」

「山内上杉と手を切るという意味ですよ」

「ほう……」

「しかし、そうしなかった。扇谷上杉はそれまで通り、山内上杉に従う姿勢を見せていた。なぜなら、五郎殿が睨(にら)みを利かせていたからです」

「確かに五郎殿は手強い」

宗瑞がうなずく。五郎殿、すなわち、憲房は戦がうまかった。顕定や朝良より数段上手だった。

『それがわかっただけでも権現山に兵を出した甲斐がありましたな。しかも、うまい火種を蒔(ま)くこともできた」

「四郎殿が五郎殿を呼び戻したことですか？」

「さよう。宗瑞殿が権現山で大負けしたおかげで武将としての五郎殿の名が大いに上がった。四郎殿としては面白くないはず。だからこそ、もう少しで小田原に迫るというところで五郎殿を呼び戻したのでしょう。これ以上、五郎殿の名が上がったら自分の立場が危うくなるとわかっているのですよ。もちろん、五郎殿とて面白くない。元々、不仲なのに、今度の一件で、二人の仲は、もはや修復できぬほど険悪になったことでしょう」

ふふふっ、と星雅が愉快そうに笑う。

「何がおかしいのですか？」

「宗瑞殿は不思議な御方だと思いましてな。そうではありませんか？　戦というのは勝つ方がよいに決まっている。負けたいと思う者はいない。勝って得することはあっても、負けて得することなどないからです。ところが、今になってみると、権現山で大敗したおかげで宗瑞殿は得をしている」

「そうでしょうか。やはり、勝つ方がよい気がしますが……」

「たとえ権現山で勝ったとしても、武蔵に攻め込むのは容易ではなかったはず。その前に東相模を何とかしなければならぬわけですからな。ところが、権現山で負け、小田原の近くまで攻め込まれたことで、かえって宗瑞殿の運が開けた」

「五郎殿は呼び戻され、三浦道寸は大怪我を負って家督を倅に譲りました。確かに、思いがけぬことがふたつも起こって命拾いしました」

「今、大切なことは何もしないことです。宗瑞殿が動いてはなりませぬぞ。いずれ火種が火を噴く。それを待つのです。それまでは、じっと力を溜めておけばよい」

「四郎殿と五郎殿が争うと思われるのですか？」

「間違いなく、そうなるでしょう。一年のうちには、山内上杉がふたつに割れて争い始めるでしょう。恐らく、五郎殿が勝つでしょうが、山内上杉の力は大いに弱まるはず。扇谷上杉が二人のどちらかに肩入れすれば、扇谷上杉の力も弱まる。その争いが収まり、勝ち残った方がへとへとになっている隙に東相模に攻め込むことです。両上杉には三浦を助ける余裕はないでしょうし、三浦だけが相手なら宗瑞殿が勝つ。三浦を平塚から追い払ったら、何が何でも鎌倉を支配なさいませ。関東の武士たちは鎌倉を支配する者を特別な目で見るのです。しかしながら、鎌倉は守りやすくはない。それ故、鎌倉の近くに頑丈な城を築くことが肝心です。その城を拠点として鎌倉を守り、三浦の本拠・新井城を攻め落とす。そうすれば東相模だけでなく、三浦半島も手に入る。その上で武蔵を攻めなされ」

「そう簡単にいくでしょうか」

「死が近付くと、澄んだ目で物事を眺めることができるようになり、未来まで見通すことができそうな気がします。三年以内に宗瑞殿は鎌倉の主となり、五年以内には三浦半島をも支配しているはず。ということは、六年くらい先には武蔵に攻め込んでいることになりますな」

「そうなればよいのですが……」

宗瑞が苦笑いする。星雅があまりにも自分を買いかぶりすぎている気がするからだ。

「ふたつ、遺言させていただきたい」

「そのようなことを……」

「自分の体のことは自分が誰よりもよくわかります。今にも寿命が尽きようとしているのです。別に悲しくもありませぬわ。特にやり残したこともないし、そう悪い人生でもなかった。遺言を聞いて下さいますか？」

「聞かせていただきましょう」

　宗瑞が姿勢を正す。

「ひとつ、武蔵に攻め込んだならば、何が何でも江戸城を奪いなさいませ。江戸城に腰を据えて少しずつ領地を広げていくのです。もちろん、両上杉は黙っていないでしょう。そのときに大事なのは、両上杉を同時に相手にしないことです。どちらかと戦うときは、必ず、もう一方とは手を結ぶようになさいませ。簡単ではないでしょうが、四郎殿と五郎殿が争えば、必ず何らかのしこりが残る。山内上杉と扇谷上杉の間にも隙間風が吹くでしょう。それを利用するのです」

「心得ておきます」

「もうひとつは、三浦のことです。荒次郎という道寸の倅に手を焼いておりましょう？」

「よくご存じですな。確かに手を焼いております。仁王のような大男で、あの男を見ると、兵どもが怯えて逃げ出してしまうのです。あのような者には初めて会いました」

「そういう者とは、まともに戦ってはならぬのです。刺客を放って密かに殺すのがよい。

毒を盛るのもよし、謀（はかりごと）を用いて罠に陥（おとしい）れるのもよし。できることなら、荒次郎だけでなく、獅子王院（ししおういん）も殺してしまうことです。荒次郎と獅子王院を亡き者にしてしまえば、三浦から東相模を奪うことは、さして難しくありますまい。わしの遺言、聞き届けて下さいますな？」

「はい」

宗瑞はうなずいたまま顔を上げることができない。

死に瀕している星雅が、ひたすら宗瑞の先行きを案じ、軍配者としての最後の知恵を授けようとする姿に心を打たれ、涙が溢れてきたのだ。泣き顔を星雅に見せないようにうつむいたままでいる。

宗瑞が駿府から韮山に戻って数日後、氏親の使者がやって来た。星雅の死を知らせてきたのだ。

今川館に星雅を見舞ったとき、その衰え振りを目（ま）の当たりにして、

（もう長くはあるまい）

と覚悟はしていた。

しかし、実際に星雅が亡くなったことを知ると、体の力が抜けて、心に大きな穴が空いてしまった気がする。

普段、あまり酒を飲まないが、この日は明るいうちから奥座敷に籠もって一人で酒を飲んだ。飲むといっても、ちびちび舐める程度である。

星雅と初めて会ったのは、星雅が太田道灌の軍配者だった頃で、かれこれ三十五年も昔のことになる。なぜか、ウマが合い、星雅も宗瑞のことを気にかけてくれて、折りに触れて有益な助言をしてくれた。ある意味、これまでに宗瑞が為してきたことは、星雅の助言に従って、星雅が予見した通りの道を歩んできたようなものだと言っても過言ではない。それほどに星雅が宗瑞に与えた影響は大きかったのである。

（つまり、これからは自分一人でやっていけ、ということですか……？）

宗瑞は星雅の面影を心に思い浮かべながら、星雅に問う。

隣室に控えている小姓に、門都普を呼ぶように命じた。すぐに門都普はやって来た。宗瑞の顔を見るなり、

「大丈夫か？」

と訊いたのは、星雅の死を耳にしていたし、宗瑞が落ち込んでいるだろうと察したからである。実際、宗瑞は沈んだ表情をしている。

「駿府で星雅さまを見舞ったとき、わしは遺言を托された」

「遺言？」

「ふたつのことをやるように、とな。ひとつは、江戸城を奪え、ということだから、これ

は先のことになる。武蔵に攻め込むには、まず東相模を征する必要があるし、そのためには平塚にいる三浦を追い払わなければならぬ。すぐにできることではない」

「うむ、今ひとつは？」

「荒次郎の命を奪え、ということだ。荒次郎が戦に出てくると兵が怯える。弱腰になって、すぐに逃げようとする。それでは戦にならぬ。荒次郎一人にいいようにやられている。星雅さまは、そういう者とは戦場で戦ってはならぬ、とおっしゃった。刺客を放って密かに殺すのがよい、というのだ」

「それは正しい。わしも、そう思っていた」

門都普がうなずく。

「できれば荒次郎だけでなく、獅子王院も殺してしまえ、ともおっしゃった」

「獅子王院……三浦の軍配者か。確かに、道寸が大怪我をして動けぬ今、荒次郎と獅子王院を亡き者にすることができれば、三浦の屋台骨は大きく揺らぐ。だが……」

門都普の表情が険しくなる。

「容易なことではない」

「そうであろうな」

「少し時間をくれ。どうすればいいか思案してみる。難しいことだが、相手と刺し違える覚悟があれば何とかなるかもしれぬ」

「どういう意味だ？」

「本気で誰かを殺そうと思えば、案外、何とかなるものなのだ。殺すだけであれば、な。相手を殺して自分が逃げようとするから難しくなるのだ。敵地に忍び込み、相手を殺してから逃げ道を探すのが、なかなか大変なのだ。相手を殺して、自分もその場で死ぬという覚悟があれば……」

「そんなことは望んでおらぬ。無理をするな」

「時には無理をしなければならぬ。荒次郎と獅子王院が生きている限り、これからも長い戦が続き、多くの兵が死ぬことになるのだ。それを思えば、刺客が死ぬことくらい、どうということはない。しかし、そんな肝（きも）の据わった刺客を見付けることが簡単ではない」

そう言うと、門都普は険しい表情で黙り込む。

第二部　荒次郎

一

宗瑞は力を溜めることを心懸けた。焦って自分から動けば足をすくわれる。

両上杉が手を組んで関東に睨みを利かせ、平塚に三浦道寸・荒次郎父子が居座っている限り、東に向かうのは無理だ、と見切っている。伊豆と西相模を守るだけで精一杯なのだ。

（いずれ好機が来る）

そう考えて、内政に専念した。

その好機がやって来たのは永正九年（一五一二）である。山内上杉氏の当主・顕実と、顕実の家督相続に不満を持つ憲房がついに武力衝突したのだ。

顕実は先代の顕定に指名された後継者だが、まだ二十一歳の若者で、何の経験もなく、これといった実績もない。初代の古河公方・足利成氏の次男という血筋以外に誇るものがないのだ。

一方、憲房は四十六歳で、政治においても戦（いくさ）においても経験豊富である。長きにわたって養父・顕定を補佐し、行く行くは顕定の後を継ぐだろうと目されていたが、実家の力のなさが災いし、顕実に後継者の地位を奪われた。憲房にとっては無念の極みであった。

憲房の賢明なところは、顕定の死後、すぐに家督を奪おうとしなかったことである。表向きは顕実に従う姿勢を見せ、顕実の家督継承にも異議を唱えなかった。

（焦って兵を挙げたりすれば、かえって墓穴を掘ることになりかねぬ。いずれ、あの阿呆が愚かなことをするに決まっている）

そう己に言い聞かせて自重したのである。

たとえ顕実に山内上杉氏を率いていく力がないとしても、顕実は顕定に指名された正当な後継者である。しかも、古河公方家という強力な後ろ盾もある。顕定の服喪中に事を起こせば、それに反発する者も少なくないであろう。

顕実の力不足は誰の目にも明らかだから、いずれ政治や軍事でしくじり、

（このような御方が上にいたのでは安心できぬ）

という声が配下の豪族たちから出てくるに違いない、と憲房は考えた。

自らが家督奪取に動くのではなく、

「五郎さまでなくては、どうにもならぬ」

と周りの者たちに押し立てられ、やむなく立ち上がる、という形にする方が得だという思惑も働いた。実際、憲房が予想した通りになった。

一昨年、権現山城を落とした勢いを駆って、両上杉軍と三浦軍が小田原に迫った。宗瑞から小田原城を奪い返し、西相模から伊豆に攻め込むことも不可能ではない……それほど有利な局面だった。

にもかかわらず、顕実は憲房に退却を命じた。

理由は嫉妬である。憲房が大きな手柄を上げれば、その声望が大きくなり、自分の地位が脅かされかねない、と恐れたのだ。

さすがに山内上杉氏内部でも、

「この命令は、おかしいのではないか」

「なぜ、みすみす勝ち戦を捨てて退かなければならないのか」

「小田原を奪い返す好機ではないか。それがわからぬのか？」

と、顕実のやり方を批判する声が出た。

「しっかり戦支度をし、わしが兵を率いて小田原を攻める。来年中には行くつもりだ」

そう顕実は弁解せざるを得なかった。

憲房は沈黙を守った。

退却を命じられたことに不満を洩らせば、

「わしのやり方が気に入らないのか」

と、顕実の怒りを買い、不満を洩らしたことを口実に討伐されるかもしれなかった。

(まだ機は熟していない)

憲房は、そう思っていたので、じっと口を閉ざし、密かに顕実を倒す計画を練り始めた。

小田原から戻った次の年、その一年をかけて憲房は、着々と反乱の準備を進め、少しずつ味方を増やした。

経験不足とはいえ、顕実は馬鹿ではない。

近臣たちの目も節穴ではない。

憲房の動きが怪しいという情報を手に入れ、密かに探りを入れると、戦支度に余念がないことがわかった。憲房に味方になるように誘われた豪族が、味方すれば、自分が家督を継いだ暁には莫大な恩賞を与えることを約束する憲房からの密書を差し出したりもした。

「五郎殿に謀反の心あり」

顕実と近臣たちは、そう断定した。

しかし、すぐに騒いだりはしない。

何食わぬ顔で、

「西相模に兵を出すに当たって、いろいろ相談したいことがある」

という名目で、憲房を鉢形城に呼ぶことにした。

城に招き入れて密殺しようというのだ。

山内上杉にしろ扇谷上杉にしろ、気に入らない家臣を成敗するときには、大抵、騙し討ちである。太田道灌が入浴中に殺されたのが、いい例だ。

憲房自身、顕定に命じられて何度か家臣を密殺したことがある。だから、顕実の使者がやって来たとき、

（なるほど、ばれたようだな）

と察した。

もちろん、鉢形城には行かない。

病と称して断った。

「そうか、病ならば仕方あるまい。見舞いの品を贈ろう」

顕実は見舞い品を持たせて、憲房のもとに使者を送った。ただの使者ではない。刺客である。鉢形城で殺すことができないのであれば、憲房のもとに暗殺者を送って殺そうというのだ。

主が見舞いの使者を送ってきたとなれば、憲房も会わなければならない。威儀を正して広間で対面した。

「殿からのお見舞いの品でございます」

使者が恭しく、品物を憲房に差し出す。

「かたじけない」

憲房が頭を垂れた瞬間、懐に潜ませていた短刀を手にして使者が飛びかかる。

短刀で相手を殺すつもりであれば、当然、急所を刺すべきだったが、憲房との距離が近すぎたため、刺すことができず切りつけるしかなかった。それでも首を狙った。頸動脈を切り裂けば、それが致命傷になる。

憲房がじっと頭を下げていれば、そうなったであろうが、不穏な気配を感じて、さっと憲房が顔を上げた。そのおかげで、短刀は首ではなく、憲房の顎に当たった。肉が切れ、血が噴き出す。

だが、致命傷ではない。

刺客が手許に短刀を引き寄せ、今度は憲房の心臓を狙う。もし刺客を恐れて後退っていれば、恐らく、ここで憲房の生涯は終わっていたであろう。

憲房の気の強さが幸いした。

下がるのではなく、逆に刺客に向かった。自分の手で取り押さえようとしたのだ。

刺客は目測を誤った。短刀は心臓を逸れ、憲房の左の脇腹をかすめた。

「狼藉者！」

憲房が刺客の胸をどんっ、と押す。

刺客が仰向けに転がったところに、憲房の家臣たちが躍りかかり、寄ってたかって切り刻んだ。広間は血の海になり、肉の塊と化した刺客が転がっている。

憲房は危うく命拾いした。

「何ということだ、御屋形さまがわしの命を奪おうと刺客を送ってきたぞ！」

顔を赤くして怒気を発した。

しかし、これは演技であった。

腹の中では笑っていた。なぜなら、

（これで戦の口実ができた）

からである。

「わしは御屋形さまに誅されるようなことをした覚えはない。にもかかわらず、見舞いと称して刺客を送ってくるなど、いかに御屋形さまとはいえ、決して許されることではない。これは恐らく、御屋形さまのお考えではなく、そばにいる佞臣たちの仕業であろう。佞臣どもを取り除かねば、御家のためにならぬ」

憲房は鉢形城に使者を送り、側近たちの引き渡しを顕実に要求した。もちろん、顕実が応じるはずはない。使者を斬り、憲房との対決姿勢を明らかにした。

（機は熟した）

直ちに憲房は兵を挙げた。

戦上手の憲房が一年がかりで周到に準備してきた挙兵である。憲房の檄に応じて、各地で憲房を支持する豪族たちも立ち上がった。

慌てたのは顕実である。

まだ戦準備ができていなかった。憲房の暗殺に失敗したら、次はどうするか……そういう二の矢、三の矢まで考えていなかったのだ。このあたり、経験不足と言うしかない。

憲房が鉢形城を攻める構えを見せたので、顕実は兄の古河公方・足利政氏に助けを求めた。政氏は快諾し、鉢形城に援軍を送ることを決めた。

ところが、ここで予想外のことが起こった。

政氏の嫡男・高基が憲房に味方したのである。

政氏と高基は実の父子でありながら、政に取り組む姿勢や考え方がまるっきり違っており、かねてより不仲だった。高基は、この際、憲房の力を利用して実父・政氏と叔父・顕実を排除し、自分が第三代の古河公方になろうと考えた。

この結果、山内上杉家の家督を巡る顕実と憲房の争いは、古河公方家をも巻き込み、関東を二分する大規模な争乱へと発展した。

扇谷上杉氏の当主・朝良は、顕実と憲房の争いを仲裁しようとしたが無駄であった。朝良にできるのは扇谷上杉氏が中立を守り、どちらにも与しないという立場を表明することだけだった。

(家督を巡って争っているときではないのに……)

朝良には誰が漁夫の利を得るのか、よくわかっていた。言うまでもなく、宗瑞である。

二

顕実と憲房の争いについて、宗瑞は門都普（もんとふ）から詳しい報告を受けている。

六月には双方合わせて三万を超える軍勢が衝突し、憲房が勝利した。この勝利を境に、形勢は憲房に有利になった。

「五郎殿が山内上杉の主となるのは、そう遠いことではあるまい」

門都普が言うと、

「うむ、そうだろうな。五郎殿が勝つだろう」

宗瑞がうなずき、五郎殿が山内上杉を率いるようになれば、今まで以上に手強（てごわ）い敵になるな、と渋い顔をする。

「そうなる前に手を打とう」

「手を打つとは？」

「山内上杉も扇谷上杉も今は他国に兵を出す余裕などない。たとえ伊勢と三浦が戦っても、両上杉は三浦に援軍を送ることができないということだ。東相模から三浦を駆逐する千載（せんざい）一遇（いちぐう）の好機ではないか」

「しかし、三浦も手強いぞ」

「だから、手を打つのだ。以前、わしに話してくれたな。荒次郎と獅子王院を殺してしまえば、三浦の力は大きく削がれる、と」

「それは難しい、と言っていたではないか」

「難しいとは言ったが、できぬ、とは言わなかったはずだ」

「相手と刺し違える覚悟があれば何とかなるかもしれぬ……確か、そう言ったな。しかし、わしは、そういうやり方を好まぬ」

宗瑞が首を振る。

「ばばさまを覚えているか?」

「ん? ばばさま……」

宗瑞が首を捻る。

「わしのばばさまだ。わしらが初めて会ったとき、わしの家族にも会ったではないか」

「ああ、そうだったな。古い話だ。あのとき、わしは、十二歳くらいだったかな。今が五十七だから……何と、四十五年も前ではないか」

「ばばさまには未来を見る力があった」

「うむ、わしの未来を占ってくれたな」

宗瑞がうなずく。

不思議なもので、目を瞑ると、四十五年前の記憶が脳裏に鮮明に甦ってくる。

粗末な掘っ立て小屋の囲炉裏端に甫留手は背中を丸めて坐っていた。髪が真っ白で、口の周りに入れ墨があった。

甫留手は小川から手桶で水を汲んできてくれまいか、と宗瑞に頼んだ。宗瑞が承知して水を汲んでくると、そこに坐ってくれ、と自分の向かい側を指し示した。宗瑞が坐ると、甫留手は囲炉裏からひとつまみの灰を取り、それを手桶の水に散らした。水の表面に灰が広がっていくのを、甫留手は凝視した。

やがて、顔を上げると、

「天下を揺るがすほどの極悪人となる星の下に生まれたように思われます」

と、宗瑞に言い、門都普には、

「おまえが鶴千代丸殿に出会ったのは神の思し召しに違いない。それを忘れるな」

と言った。

目を開けると、門都普が目を瞑っている。

と、いきなり門都普の目に涙が溢れ、その涙が頬を伝う。

「どうした？」

驚いて宗瑞が訊く。

「いや……」

門都普が目を開ける。

「わしも昔を思い出していた。巡り会ったのは神の思し召しだというから、わしは決して伊勢新九郎と離れまいと心に誓った。新九郎のそばにいて、新九郎に尽くすために、この世に生まれてきた、と悟ったからだ」

「大袈裟なことを言うな、もちろん、おまえには感謝しているが」

「ばばさまが言ったように、伊勢新九郎は極悪人になった。領地を奪われた阿呆どもは口汚く伊勢新九郎を罵っているからな」

「そうだな」

宗瑞が苦笑いをする。農民を虐げる領主や豪族から、宗瑞は蛇蝎の如く忌み嫌われている。農民というのは支配階級に属する者たちに尽くすことを強いられる虫けらのような存在に過ぎないにもかかわらず、農民に手を差し伸べ、楽な暮らしをさせようとする宗瑞のやり方は既成の社会秩序に対する挑戦と受け止められている。それ故、支配層は宗瑞を「極悪人」呼ばわりするのである。

「わしは新九郎にもっともっと悪い人間になってほしい。両上杉を倒し、関東を支配してもらいたいのだ。それには、まず東相模を手に入れなければならぬし、三浦一族を打ち倒さなければならぬ」

「そのために自分の命を投げ出して荒次郎と獅子王院を殺すというのか？」

「その覚悟がある、と言っている」

「止めても無駄なのであろうな」

「わしは、わしの運命に従う。伊勢新九郎の行く手を阻むものは容赦せぬ。わしの身に何かあっても、後には五平がいる。風間一族がいる。何も困ることはない。わしがそういう仕組みを拵えた」

「まるで遺言ではないか」

「遺言だ」

「おまえは、わしの友ではない。兄弟だ。たとえ血が繋がっていなくても兄弟なのだ。弥次郎を失い、おまえまで失いたくない」

「甘いことを言うな。命のやり取りが嫌になったのなら仏門に入れ」

「そういうことを言うな。命のやり取りなど誰が好きなものか。できることなら、そんなことはしたくない。わしだけのことではない。息子たちにも家臣たちにも、そんなことはさせたくない。それが本心だ。にもかかわらず、なぜ、わしらは、これほど辛く険しい道ばかり進まなければならぬのか、と時々、考えることがある」

「わが身を投げ出して民に尽くす……おまえが選んだ道ではないか」

「わしも、ずっとそう思ってきた。だが、この年齢になってみると、どうやら、それだけではないのではないか、と思うようになった」

「どういう意味だ？」

「天命なのではないか、となし」

「ふうむ、天命か。そうかもしれぬな。この世には自分のことしか考えず、他人を犠牲にして放埒（ほうらつ）で贅沢な暮らしをして平気な顔をしている者が多い。茶々丸（ちゃちゃまる）のような奴だ。そういう馬鹿が一人いると、数千数万の民が苦しみ飢えることになる。裏返せば、そんな馬鹿がいなくなれば、数千数万の民が救われるのだ」

「単純な話だな」

「単純だが、実際は、そう簡単にはいかぬ。なぜなら、馬鹿を倒した者が、次の馬鹿になってしまうことがほとんどだからだ。さっき、ばばさまの話をした。おまえに従うのが神の思し召しだと思ったから、わしは親も兄弟も捨てて、今日までおまえについてきた。しかし、おまえが道を誤って馬鹿になっていたら、わしは、ここにはいない。おまえは稀有（けう）な男なのだ、新九郎。馬鹿を倒しても馬鹿にならず、決して信念を曲げることがない。農民たちがあまりに哀れなので、神がおまえを地上に遣（つか）わしたのではないか、と思うことがある」

「おいおい、大袈裟すぎるぞ」

「わしにとっては大袈裟ではない。そう思っているからこそ、四十五年もの間、おまえに従ってきたのだし、おまえのためなら、いつでも命を投げ出すことができるのだ」

「獅子王院と荒次郎の命は、おまえの命と引き替えるに値するのか？」

「それは、おまえ次第ではないか。三浦を東相模から追い払い、東相模の農民が幸せな暮らしができるようになれば、わしの命など安いものだ。だが、三浦相手にいつまでも苦戦して、両上杉が加勢にやって来るようなことになれば、わしは無駄死にすることになる」

「荷が重いのう」

「わしの遺言だぞ。必ず、東相模も支配すると約束しろ」

「わかった」

　宗瑞がうなずく。

「わしも命懸けでやると約束しよう」

「それでいい」

　門都普が珍しく笑う。

「で、どうするつもりだ？」

「ひとつ頼みがある」

「何なりと言うがいい」

「道寸に書状を認めてほしい」

「わしが道寸に？　どんな書状だ？」

「中身は何でもよいのだが、まあ、和睦の申し入れとでもしてはどうかな。それならば、道寸も邪険に扱うことはできまい」

「今の三浦の主は荒次郎だが道寸宛でよいのか？」

「ふんっ、荒次郎が家督を継いだことを伊勢は知らされていない。知らん顔をして道寸に書状を送ればよい。隠居したとはいえ、今でも道寸が家中に睨みを利かせているはずだしな。伊勢から和睦の申し入れがあったとなれば、道寸は荒次郎を呼んで相談するだろう。当然、軍配者である獅子王院も呼ばれる」

「まさか……獅子王院と荒次郎だけでなく道寸をも葬るつもりなのか？」

「それができれば言うことはない。書いてくれるか？」

「うむ、書こう」

宗瑞がうなずく。

三

七月中旬、門都普は数人の供を連れて小田原から平塚に向かった。いつもは一人で旅をするが、宗瑞の正式な使者ともなれば、一人というわけにはいかない。仰々しい出で立ちで、供を従える必要がある。まさか門都普という名乗りをするわけにもいかないので、吉巻主水介という名前をでっちあげた。でっちあげではあるが、「吉巻」という姓は古くから伊豆に存在する。もっとも、今は家名が絶えている。

一行は、ゆるゆると平塚に向かう。小田原から平塚まで、六里（約二四キロ）ほどしかないから、早朝に小田原を出れば、昼過ぎには平塚に着く。さして急ぐ必要もないのだ。あまり急ぐと重々しさがなくなってしまう。

門都普の馬の口取りをしているのは風間五平である。今や門都普の片腕とも言うべき存在だ。伊勢氏の間諜組織は門都普が束ねているが、その中核となっているのは風間一族であり、その風間一族の領袖が五平である。

「五平」

「はい」

「わかっているな？」

「よくわかっております」

この旅の目的を承知しているのは門都普と五平の二人だけである。これは死出の旅であり、十のうち九つまでは生きて帰ることができないであろう。

門都普は覚悟ができているからいいが、他の者は、そうはいかない。供の武士たちは、宗瑞からの大切な書状を平塚に届けるのが役目だと信じている。生きて帰ることのできぬ旅だと知れば平常心を保つことなどできぬであろうし、そういう恐怖心は表情に表れてしまうものだ。それでは相手に気付かれてしまう。

五平にだけ秘密を明かしたのは、五平には事の顛末を小田原に知らせる役目を与えたからだ。つまり、五平は生きて帰ることを命じられているのである。荒次郎や獅子王院と刺し違える覚悟だから、門都普が小田原に帰ることはできない。それ故、その役目を五平に託したのだ。

午後、平塚に着いた。先触れを走らせておいたので、岡崎城の外で三浦の家臣たちが出迎えた。温かい歓迎という雰囲気ではない。警戒心を顔に浮かべ、

（本当に、ただの使者なのであろうな）

と疑っている様子である。

それでも表面的には丁重に門都普たちを城に招き入れる。

門都普と供の武士たちは、そのまま城内に入り、五平は馬を引いて厩に向かう。隙を見て厩を離れ、門都普が道寸と対面することになるであろう大広間に行くつもりである。

門都普たちは控えの間に通された。ここで取り次ぎの者に宗瑞から道寸に宛てた書状を渡す。

半刻（一時間）ほど待たされた。

待っている間、白湯が一杯出されただけである。

門都普は一度、厠に立った。

やがて、

「こちらへ、どうぞ」

案内の武士がやって来る。

立ち上がろうとすると、
「腰の物は、ここに」
さりげなく注意する。武器を置いていけ、というのだ。門都普たちは素直に従う。
廊下を渡り、大広間に案内される。
大広間は庭に面している。茂みの中に五平が身を潜めている。
やがて、道寸が廊下から大広間に入ってくる。
門都普が頭を垂れる。背後に控える者たちも倣（なら）う。
「面（おもて）を上げられよ」
嗄（しわが）れた声である。
「は」
門都普がゆっくり顔を上げる。
（道寸……）
上座に道寸がいる。
門都普が驚いたのは、その老け込み方だ。
道寸は六十二歳である。この時代としては、かなりの高齢者と言っていい。
だから、老けているのは当たり前だが、それにしても年寄り臭すぎる。
門都普は何度となく平塚にも潜入し、遠目に道寸を見たことがある。最後に見たのは一年ほど前だが、これほど年寄りじみてはいなかった。顔色が悪く、肌にまったく艶がない。

（やはり、怪我が思わしくないのか）

一昨年の秋、両上杉軍と共に三浦軍が小田原に迫ったとき、道寸は流れ矢に当たって負傷した。生死の境をさまようほどの重傷で、死を覚悟した道寸が三浦の家督を荒次郎に譲ったほどだ。かろうじて命は助かったものの、それ以来、道寸が人前に出ることは、ほとんどなくなった。道寸は死んだのではないか、という噂がまことしやかに囁かれた。

だが、現に道寸は目の前にいる。生きている。

とはいうものの、その衰えぶりは隠しようもない。

「三浦と和睦したいというのは早雲庵殿の本心か？」

道寸が訊く。

「わが主の本心にございまする」

門都普が答える。

「中村川を国境に定めたい、と書いてあったが？」

「そう聞いております」

「ふうむ……」

道寸が思案する。

三浦氏にとって、悪い話ではない。

それどころか、うますぎる話と言っていい。

山内上杉氏で家督を巡る内紛が起こり、今現在、顕実と憲房が争っている。扇谷上杉氏も巻き込まれて身動きが取れない。つまり、今の両上杉には他国に兵を出す余裕はない。万が一、三浦氏が伊勢氏と事を構えることになれば、三浦氏は単独で戦わざるを得ないのだ。それは三浦氏にとって不利である。

そこに宗瑞からの和睦の申し入れである。

道寸とすれば、すぐにでも飛びつきたくなるような提案だ。とりあえず和睦を受け入れ、いずれ山内上杉の家督問題が解決したら、そのときこそ両上杉の力を借りて伊勢氏を攻めればいい。和睦すれば、それまでの時間稼ぎができる。

本当であれば、道寸の方から宗瑞に申し入れたいくらいなのである。

しかし、そんな申し入れをしても、宗瑞がよほどの馬鹿でない限り、決して受け入れるはずがなかった。この時期の和睦というのは、三浦氏にとっては大いに得になるが、伊勢氏には、さしたる旨味(うまみ)がないからであった。

「なぜ、和睦を望むのだ？」

単刀直入に質問する。

「年中行事の如く戦が続き、民は疲れ果てております。農作業が疎(おろそ)かになり、土地が荒れ、田畑からの収穫も減っております。戦をやめ、国を富ます道を探りたいというのが、わが主の考えにございます」

「素直には信じられぬ言葉よのう」

道寸がじろりと門都普を睨む。

「早雲庵殿は東相模どころか、武蔵にまで触手を伸ばそうとしてきたではないか。突然、人が変わったように戦をやめると言い出すのか？」

「それは……」

門都普が大きく息を吸う。

「お互い様でありましょう」

確かに宗瑞は東相模を征し、いずれは武蔵にも兵を進めようとしている。その布石として、一昨年、権現山城の上田政盛を使嗾して挙兵させた。

しかし、道寸も西に向かって支配領域を広げようとしており、小田原を落として伊豆に攻め込もうという野心は隠しようもない。

「なるほど、どっちもどっちということか」

道寸が口許に笑みを浮かべる。

（早雲庵には、わしらに和睦を申し入れなければならない事情があるのであろう）

三浦氏にとって、うますぎるほどの和睦の提案だが、裏返して考えれば、伊勢氏の方でもそうしなければならない事情があるに違いなかった。未来永劫、両氏が仲睦まじくしようというのではなく、とりあえず爪を隠して笑顔を見せ、必要な時期までは矛(ほこ)を収めようというだけの話である。

道寸は和睦を受け入れてもよい、という考えに傾き始めたが、今は隠居の身であり、独断では何も決めることができない。三浦氏の当主は荒次郎なのだ。

そこに、

「失礼いたしまする」

廊下から声がかかり、痩(や)せた老人が大広間に入ってくる。総髪で髪の量は多いが、黒髪は一本も交じっておらず、見事なまでの銀髪である。皺(しわ)だらけの顔を見れば、かなりの高齢だとわかる。血圧が高いのか、顔が真っ赤だ。若い侍を従えて、ゆっくり入ってくる。

（獅子王院……）

門都普は、ちらりと横目で見る。

「当家の軍配者、獅子王院じゃ」

道寸が紹介する。

「それに大森松之助(おおもりまつのすけ)」

二人が壁際に腰を下ろす。

（大森松之助……）

門都普は表情を変えず、いったい何者だ、と考える。

（そうか、松寿丸か）

大森藤頼の遺児である。宗瑞が定頼を倒し、小田原城を奪ったとき、まだ七歳の幼児だった松寿丸も藤頼に仕えた家臣たちを従えて出陣した。

もちろん、実際に刀を手にして戦ったわけではなく、戦場の片隅に大森の旗を立てただけのことである。それでも政治的な効果がいくらかはあった。宗瑞の小田原攻めがただの侵略ではなく、藤頼から大森の家督を奪った定頼に対する松寿丸の弔い合戦という意味が加わったからだ。

が……。

松寿丸の価値は、それだけのことであった。

宗瑞が小田原の主になると、松寿丸の立場は微妙なものになった。松寿丸が生きていくには宗瑞を主として敬い、家臣として臣従する以外になかったが、成長するに従い、

（本当であれば、わしが小田原の主なのだ）

という思いを抑えられなくなった。

そして、ある日、逐電した。

宗瑞は後を追わなかった。

恐らく、道寸を頼るであろうと察したが放置することにした。松寿丸の扱いには宗瑞も苦慮しており、自分から姿をくらましてくれたのは、ある意味、宗瑞にとってもありがた

かった。

かつて定頼は、道寸の力を借りて藤頼から大森の家督を奪い取った。それに倣って、松寿丸も道寸を後ろ盾として宗瑞から小田原を奪い返そうとするつもりなのだろう、と宗瑞は考えた。

だが、定頼のときとは政治情勢が大きく変わっている。当時は、三浦氏の勢力も東相模の一部に及んでいるに過ぎなかった。それが今では東相模全域を支配するまでになり、道寸は平塚の岡崎城に腰を据えて、虎視眈々と小田原攻めの機会を窺っている。

松寿丸に力を貸すとしても、それは松寿丸を小田原城の主にするためではなく、三浦氏が西相模を支配するためである。つまり、宗瑞が松寿丸を利用したように、道寸も松寿丸を利用するだけのことである。

(考えてみれば、哀れな者よ……)

門都普は横目で松寿丸を見る。痩せて神経質そうな顔をしている。あまり顔色はよくない。もう十八歳だから、元服して松之助と名乗りを変えたのであろう。

「荒次郎は、どうした?」

道寸が獅子王院に訊く。

「間もなくいらっしゃいます」

獅子王院が頭を垂れて答える。

「早雲庵殿から和睦の申し入れがあった」

「若殿から伺いました」

「中村川を国境にしようというのだ」

「ほう、中村川を……」

獅子王院は、いいとも悪いとも言わず、ただ静かにうなずく。

宗瑞の書状の内容は、道寸だけでなく、獅子王院や荒次郎も承知しているはずで、その内容を吟味するために、門都普は待たされていたのだ。ただ道寸は、まだ荒次郎とも獅子王院とも打ち合わせをしていないらしい。

道寸の気持ちは和睦に傾いているようだが、獅子王院が何を考えているのかはわからない。計算高いと言われる男だから、もはや隠居の身となった道寸ではなく、当主である荒次郎の意向を確認してから自分の考えを口にするつもりなのかもしれなかった。もし道寸と荒次郎の考えが食い違ったときには、当然、荒次郎の肩を持つのであろう。

もっとも、門都普にとっては、どうでもいいことだ。和睦など、でたらめなのである。ひとつの場所に道寸、荒次郎、獅子王院を誘き寄せるための罠なのだ。この三人を一度に暗殺することができれば、その瞬間に三浦氏は壊滅状態に陥る。東相模の支配を続けることなど不可能になり、東相模を放棄して、本拠である三浦半島に引き揚げるはずだ。その空白地帯に宗瑞が兵を進めれば、戦うことなく東相模を支配下に置くことができる。

つまり、この三人を殺すことで、伊勢氏と三浦氏の合戦で死ぬことになるであろう数百、数千の兵の命を救うことになる。そのために門都普は命を投げだそうとしている。

（荒次郎、早く来ぬか）

門都普が焦れてくる。全身に汗をかいている。背中を汗が流れ落ちるのがわかるし、顔にも汗が浮かんでいるはずだ。いい兆候ではない。体が湿るのは、まずいのだ。

「暑いかな？」

道寸が訊く。

「いいえ」

「しかし、汗をかいておる」

「吉巻主水介さま、とおっしゃいましたな」

松寿丸が口を開く。

「さよう」

門都普が軽く会釈する。

「吉巻さまには小田原で何度かお目にかかったことがあるような気がいたします。わたしを覚えてはおられませぬか？」

「生憎」

門都普が首を振る。

「早雲庵さまと一緒におられるところを何度もお見かけした気がします。しかし、吉巻という名前を聞いた覚えはないのです。不思議ではありませんか？」

「ようわかりませぬ」

「松之助、何が言いたい？」

道寸が訊く。

「早雲庵さまは腹黒き御方でありますれば、何か、よからぬ企みでもなさっているのではないか、と……」

「これ、無礼なことを言うものではない」

口では松寿丸を叱りながら、道寸は訝るような眼差しを門都普に向ける。

（確かに、この和睦、どうも話がうますぎる）

最初に抱いた疑念が改めて甦ってきたのだ。

まずい展開になってきた……門都普の体から更に汗が出る。

（荒次郎は来ぬか。まだ来ぬか）

門都普が奥歯をぎりぎりと強く嚙む。

「待たせて悪いが、倅もまだ姿を見せぬし、もうしばらく時間をもらいたい。酒肴を用意させる故、控えの間でくつろいでもらいたい」

道寸が目配せすると近臣が腰を上げて大広間から出て行く。酒肴の支度を厨房の者に命ずるのであろう。

道寸も立ち上がろうとするが、足腰が弱っているので一人では無理だ。そばにいる者たちが手を貸そうとするが、道寸は体勢を崩して転びそうになる。それを見て、獅子王院と松之助も道寸のそばに行こうとする。

突然、門都普が体を折り曲げて、ごほっ、ごほっ、ごほっ、と激しく咳き込む。咳に混じって、カチッ、カチッという音がする。

しかし、その音に気付いた者はいないし、まして、それが火打ち石と火打ち金をぶつける音だと察した者はいない。

何度となく練習したので、すぐに火花を火口に移すことに成功する。火種ができた。門都普の体にはさらしが巻かれている。ただのさらしではない。表面に硫黄を塗りたくっている。火種で硫黄に点火する。硫黄だけであれば勢いよく燃え上がるだけだが、さらしの下には和紙に包まれて長方形の形に整えられた黒色火薬が何十となく繋(つな)ぎ合わされている。

黒色火薬は中国の唐代に発明されたと言われている。日本に本格的に伝わったのは鉄砲の伝来とほぼ同じ時期である。

しかし、実は、それ以前にも日本人は黒色火薬に接している。十三世紀の元寇(げんこう)のときである。モンゴル帝国は敵を攻める際、黒色火薬を巧みに使った。震天雷(しんてんらい)という爆薬を使った記録が残っているが、これが黒色火薬であるらしい。

元寇で黒色火薬の破壊力を思い知らされた日本人は、十四世紀に朝鮮半島経由で黒色火薬の製造法を知った。黒色火薬の製造には、木炭、硫黄、硝石が不可欠だが、硝石を国内で産出できず高価な輸入品に頼るしかなかった。鉄砲伝来まで黒色火薬があまり普及しなかったのは、そのせいである。

黒色火薬の破壊力そのものは知られていたので、応仁(おうにん)の乱において何度か実戦で使われている。その場合、擲弾(てきだん)という一種の手榴弾のような形で用いられたらしい。太田道灌が江戸で天然硝石を発見し、黒色火薬を合戦に用いたという逸話もある。

その黒色火薬を、門都普は体に巻いている。

言うなれば、門都普自身が巨大な擲弾になったようなものである。

硫黄を塗ったさらしは勢いよく燃え上がる。すぐにさらしを燃やした熱が黒色火薬を爆発させるであろう。

「何だ、あいつは！」

「燃えているぞ」

「曲者(くせもの)じゃ！」

大広間にいた者たちが騒ぎ立てる。

道寸は両目を大きく見開いて驚愕の表情だ。近臣に支えられていなければ腰を抜かしていたであろう。

（獅子王院）

門都普の目に、大広間から逃げようとする獅子王院の姿が目に入る。松之助も後に続く。この二人は、主である道寸を見捨て、自分だけが何とか助かろうと見苦しく逃げ出したのだ。

一瞬、門都普は獅子王院と道寸、どちらの命を奪うべきか迷った。

が、すぐに心を決めた。

すっかり弱り切って、自分一人では歩くこともできない年寄りの命よりも、矍鑠（かくしゃく）としている獅子王院の方が伊勢氏にとって危険だと判断したのである。

門都普は素早く立ち上がると獅子王院を追い、背中に飛びつき、獅子王院の体を羽交い締めにする。うわっ、と叫んで獅子王院が前のめりに倒れる。

「何をするか！」

松之助が門都普の背中に切りつける。右の肩口から左の脇腹にかけて切り裂かれ、血が飛び散る。

だが、門都普は、もはや痛みを感じない。全身を包み込む高熱が感覚を麻痺させているからだ。

「新九郎！」

そう叫んだのが門都普の最後の言葉である。

次の瞬間、爆発音が響き渡る。大広間の天井が崩れ落ちたほど激しい爆発音と揺れだった。火災も発生した。岡崎城は大混乱に陥った。

その混乱に乗じて、五平は城から脱出した。城を出て、尚も数日、平塚に留まり、様々な噂を集めた。それから小田原に帰った。

四

「聞こう」

五平が小田原城に行くと、すぐに宗瑞が会ってくれた。垢(あか)と埃(ほこり)にまみれて薄汚い姿だったが、宗瑞は少しも気にする様子はない。

「獅子王院は死にました」

「確かか？　間違いないのか」

「手足がばらばらになったそうです。しかし、顔の一部が残っていたので獅子王院だとわかったと聞きました。そのとき、大森松之助も死にました」

「ん？　大森松之助とは……」

「松寿丸でございます」

「おお、あの松寿丸か」

「元服して名乗りを変えたのです」

「死んだのか？」

「獅子王院のすぐ後ろにおりましたので同じように……」

「そうか。考えてみれば、哀れな者であったわ」

「道寸もそばにいたのですが、周りに近臣たちがいたため、彼らが盾となり、かろうじて命は助かったそうです。しかし、かなり傷は重いという噂です」

「一昨年の秋に戦で怪我をしてから体の具合が悪いと聞いている。老いた身には、さぞ辛かろうよ。そんなときに、また怪我をすれば、なるほど命にも関わろうよ」

「今度こそ道寸は助からぬのではないかという噂を耳にしましたが、わたしが平塚を離れるときには、まだ生きておりました。今頃は死んでいるかもしれませんが……」

「そう願いたいものよな」

　宗瑞がうなずく。

「荒次郎は、残念ながら無傷です。話し合いの場にやって来るのが遅れたのです」

「そうか、無傷か。まあ、やむを得まい」

　獅子王院が死に、道寸が重傷を負ったというだけでも三浦氏の力は大きく削がれたことになる。これで荒次郎の命を奪うことにも成功していたら、あまりにもできすぎであろう。

「供の者たちも亡くなりました。門都普さまと共に大広間におりましたので……」

「申し訳ないことをした。懇ろに供養してやらねば……。念のために訊くが門都普は？」

「跡形もなく」

五平が肩を落とし、ゆっくり首を振る。

「何ひとつ残さずに消えたか。あの男らしい」

宗瑞が口許に笑みを浮かべる。淋しげな笑みである。

「ご苦労だった。しばらくは、ゆっくり休むがよい」

五平を下がらせると、しばらく一人で考えごとをするから、誰も取り次いではならぬ、と小姓に命じた。

一瞬、小姓が怪訝な顔をしたのは、考えごとをするときには持仏堂に籠もるのが宗瑞の常だったからだ。広間で一人になるのは珍しい。

持仏堂に籠もらなかったのは座禅を組む気になれなかったからである。宗瑞が座禅を組むのは頭の中を真っ白にするためだが、今日は、そんなことはできそうになかった。

(門都普よ、本当に死んだのか?)

とても信じられない。

目を瞑ると、門都普と過ごした日々が走馬燈のように甦ってくる。

何しろ、四十五年もの間、いつも一緒だったのである。これほど長い時間を共有した者は他にいない。親よりも兄弟よりも長い時間を過ごしたのだ。

言うなれば、門都普は宗瑞の影法師のように決して離れることのない存在だった。

その門都普が今はいない。信じろという方が無理というものだ。

覚悟していたつもりだった。

戦で多くの者を死なせないために、宗瑞が相模全域を支配することで、より多くの農民を救うために、そういうことのために門都普は命を投げ出すと言い、それを宗瑞も承知した。強力な三浦軍を支えているのは、道寸と荒次郎の父子、それに軍配者である獅子王院である。この三人の命を奪うことができれば、三浦氏の屋台骨が揺らぐ。

だが、それは容易なことではない。そう簡単に三人に近付くことなどできないのだ。暗殺という手段を用いる難しさは、暗殺そのものではなく、暗殺者を無事に帰還させることにある。敵地からの逃走手段の確保が難しいのだ。

今回も、獅子王院たちの命を奪ってから、門都普が岡崎城から逃げようとすれば、恐らく、暗殺は失敗していたに違いない。自分が助かろうという気持ちを最初から捨てていたからこそ、門都普は敵の懐深くに飛び込んで、獅子王院の暗殺を成功させることができたのだ。

（何と大きな代償を払わねばならぬのか……）

獅子王院が死に、道寸が重傷を負ったとすれば、三浦氏の力は大きく減じる。荒次郎は化け物のような男だが、所詮は一騎駆けの武者に過ぎず、獅子王院のように周到に謀略（ぼうりゃく）を巡らせる頭脳もなく、数千の大軍を巧みに進退させることができる指揮能力もない。道寸のように老獪な政治力を駆使することもできない。宗瑞の東進を阻んできた三浦氏という巨大な壁が今にも音を立てて崩れそうな予感がする。もちろん、その壁を崩すのは宗瑞である。

宗瑞は立ち上がって縁側に出る。空を見上げると、風が強いせいなのか白い雲が奔るように流れていく。それらの雲を眺めていると、雲の形が門都普に見えてきた。弥次郎に見えてきた。宗瑞のために命を落とした多くの者たちに見えてきた。

「すまぬ……」

声に出して詫びる。

「わしも、あと三年もすれば六十になる。もう残された時間は、それほど長くはあるまい。この命が尽きるまで必死に働こう。死に物狂いで戦おう。汝らの命を無駄にしないためにな。それまで待っていてくれ。いずれ、わしも、そっちに行く。皆で昔語りでもしようではないか」

いつの間にか宗瑞の目に涙が溢れ、その涙が頬を伝っている。

しかし、宗瑞は、その涙を拭おうとせず、じっと流れていく白い雲を見つめている。

五

山内上杉氏の家督を巡って顕実と憲房が対立し、ついに武力衝突に発展したのは永正九年（一五一二）六月である。この争いに古河公方家も関わり、古河公方・足利政氏は実弟・顕実に味方し、政氏の嫡男・高基は憲房に味方した。

六月の戦いに憲房は勝利し、顕実の本拠である武蔵の鉢形城を奪った。この勢いに乗って、高基も古河を攻めた。この攻撃を防ぎきることができず、政氏は古河を捨てて、下野(しもつけ)の小山(おやま)に逃れた。形勢は明らかに憲房と高基に有利なものとなった。

微妙な立場に立たされたのが扇谷上杉氏の主・朝良である。朝良は、山内上杉氏の内紛に関しては、憲房にも顕実にも味方せずに中立を守るという姿勢を貫いたが、古河公方家の内紛に関しては、公方である政氏に味方した。

当然ながら、高基とは敵対することになる。そのせいで、憲房と朝良の関係も、どことなく、ぎくしゃくしたものとなった。

顕実も政氏も劣勢に立たされているとはいえ、降伏したわけではない。依然として、武蔵を主戦場として憲房と顕実の戦いが続いている。

両者の争いを冷静に見つめていたのが宗瑞である。

（三浦を倒し、東相模を手に入れる好機）

と判断した。

宗瑞は門都普と相談し、謀(はかりごと)で三浦氏を弱体化させようとした。道寸、荒次郎、獅子王院の暗殺を企んだのだ。

門都普はわが身を投げ出し、獅子王院を暗殺し、道寸に重傷を負わせることに成功した。荒次郎は激怒し、直ちに小田原を攻めると息巻いたが、道寸が止めた。戦術に疎い荒次郎が小田原を攻めても宗瑞に勝てるはずがないと見抜いていたからだ。そもそも兵が足りない。

この時期、岡崎城には五百ほどの兵しかいない。農業が忙しい時期なので、本拠である三浦半島の新井城から連れてきた兵を郷里に帰し、東相模の豪族たちも領地に戻しているからだ。常備軍が存在しない時代で、あくまでも本業は農耕である。必要に応じて主のもとに駆けつけるのだ。

東相模の兵だけで小田原を攻めるのは無理なので、八月初め、兵を集めるために荒次郎は新井城に向かった。兵を引き連れて岡崎城に戻り、東相模の兵と合わせて小田原攻めをするつもりなのである。

（二千もいればよかろう。こちらが勝つ）

というのが荒次郎の胸算用である。

もちろん、道寸は止めた。

「一年のうちには戦をしてはならぬ時期というものがある。今が、そうだ。農作業が忙しいときに兵を動かすと民に恨まれる」

そう説得したが、荒次郎は聞く耳を持たなかった。

道寸も怪我の具合が思わしくなく、寝たきりの状態が続いているから、荒次郎を翻意させるだけの根気と粘り強さがない。そんな弱々しい道寸の姿が、かえって荒次郎の心の中で宗瑞への憎しみをかき立てることになり、荒次郎を暴走させる結果になったのは皮肉である。

荒次郎は密かに新井城に向かった。密かに、というのは自分の不在を宗瑞に知られないためである。獅子王院が亡くなり、道寸が寝たきりの状態というのでは、荒次郎が一人で三浦氏を支えていかなければならない。その荒次郎が不在と知られれば、宗瑞が攻めて来るかもしれないと警戒したのだ。荒次郎にも、その程度の警戒心と知恵はある。

実際、宗瑞は五平の率いる風間党に命じて、荒次郎の動きを探らせていた。

（血の気の多い男だから、きっと復讐しようとするに違いない。さりとて、よほどの阿呆でない限り、一千にも足らぬ兵で小田原攻めはするまい。きっと新井城から兵を呼ぶ。しかし、野良仕事が忙しい時期にふたつ返事で兵を出す豪族はおるまい。皆、渋るはずだ。荒次郎自身が新井城に赴（おもむ）かねば、どうにもなるまいよ）

そこまで読みを入れ、宗瑞は着々と戦支度を進めた。いつでも出兵できる態勢を整え、宗瑞は五平からの知らせを待った。

その知らせが宗瑞のもとに届いたのは八月十日である。風間党の者たちは荒次郎を追跡し、荒次郎が新井城に入って、各地の豪族たちに兵を出すように命じた、というところまで見届けた。その上で宗瑞に知らせたのである。

（時は来た）

宗瑞は直ちに駿府に使者を送った。氏親とは、かねてより打ち合わせをしてあり、いつでも二千の兵を貸してくれることになっている。

今川軍が小田原に到着したのは十一日である。

すでに伊勢軍四千は臨戦態勢に入っている。

その日のうちに、氏親を交えて軍議を開き、岡崎城攻めの段取りを決めた。

その席で宗瑞は恐るべきことを口にした。

「岡崎城は一日で攻め落とす。城を奪ったならば、三浦勢を追い、鎌倉も奪う」

氏親は、えっ、という顔をする。氏綱や弓太郎、紀之介ですら驚きを隠しきれない様子である。平然としているのは軍配者の円覚だけで、これは事前に宗瑞と打ち合わせをしていたからに違いない。

「岡崎城を落とすだけかと思っておりました」

氏親が言うと、

「それでは駄目なのです」

宗瑞は首を振ると、山内上杉氏の内紛は近いうちに収まる、恐らく、五郎殿が主となるであろう、戦上手の五郎殿が主となれば、いずれ三浦の後押しをして相模にやって来る、それでは、とても東相模を守り切ることはできぬ、それ故、山内上杉氏のごたごたが続いているうちに鎌倉まで手を伸ばし、鎌倉に腰を据えて三浦の新井城を攻める……宗瑞は自分の考えを説明する。

「なるほど、東相模だけでなく、三浦半島を支配することまで考えておられるのですね」

氏親が感心したようにうなずく。最初は無茶な思いつきだという気がしたが、言われてみれば、相模全域と三浦半島を支配するくらいの力がなければ、とても両上杉には太刀打ちできないし、三浦氏を打倒するには今が絶好の機会なのだと納得したのである。

「円覚」

宗瑞が声をかけると、円覚が大きな絵図面を広げる。岡崎城とその周辺の地形が簡略に描かれたものだ。

「明日の朝、平塚に向かう。道寸は城に閉じ籠もるに違いない。道寸自身、怪我をして寝込んでいるし、城には兵が四百か五百くらいしかいない。もっと少ないかもしれぬ。それでは戦いようもないから城に閉じ籠もって荒次郎が戻るのを待とうとするはずだ。そんなことは許さぬ……」

明日の昼までに岡崎城を厳重に包囲し、誰も城から逃げられぬようにする、その上で、日が暮れたら火攻めをする、と宗瑞が説明する。

「ほう、火攻めですか」

氏親がうなずく。

「道寸とは戦になりますまい。城から出てこない相手と戦うことはできませぬからな。かといって城攻めも容易ではありませぬ。この小田原城に比べれば小さな城ですが、周囲に堀と柵（さく）を巡らせ、なかなか守りは堅い。まともに攻めても、これだけ兵の数が違えば、恐らく落とすことはできましょうが、こちらもかなりの痛手を受けるでしょう。それを避けたいのです」

「道寸と戦わず、城を丸ごと焼き払おうということですか。なるほど、火攻めがうまくいけば、こちらは兵を失わずに済む」

「火矢は十分に用意してあります。もちろん、火矢を射るだけでは、そう簡単に城は燃えますまい。実は、岡崎城には、われらの手の者を何人も忍び込ませてあります。その者たちが夜の闇に紛れて城のあちこちで放火する手筈になっているのです」

「それなら間違いありませんね。明日、岡崎城を落とすことができそうだ」

氏親が笑う。

六

十二日の早朝、今川軍二千、伊勢軍四千、合わせて六千の連合軍が小田原を出発し、平塚に向かった。

宗瑞は多数の斥候を先行させた。敵の待ち伏せ攻撃を避けるためだ。宗瑞の用心深さの表れである。兵力の乏しい三浦軍が城から兵を出して待ち伏せする可能性は低かったが、何が起こるかわからないのが戦というものだ。ほんの少しの油断が命取りになりかねないから、宗瑞は慎重に進んだのである。

宗瑞の心配は杞憂に終わった。三浦軍による待ち伏せ攻撃はなかった。それどころか、小田原から平塚まで、一人の三浦兵にも出会わなかった。

宗瑞と氏親は岡崎城を包囲した。

ここまでは予定通りである。

城内は、まるで人がいないかのように、しんと静まり返っている。息を潜めて、宗瑞の攻撃を待ち構えているのであろう。

時折、柵の向こうで三浦兵が慌ただしく走っているのが見える。

道寸が何を考えているか、宗瑞には容易に想像できる。道寸とて阿呆ではないから、宗瑞の動きを探っていたはずである。今朝早く宗瑞が小田原を出たことを知るや、新井城にいる荒次郎に早馬を走らせたはずだ。伊勢軍の来襲を知った荒次郎は、すぐさま兵を率いて岡崎城の救援にやって来るであろう。

（荒次郎が来るのは、明日の昼頃であろうな）

それまでに何としても岡崎城を落とさなければならない、と宗瑞は決意している。万が

一、荒次郎の救援が間に合えば、またもや戦は膠着状態に陥り、宗瑞は小田原に退くしかなくなってしまう。形としては引き分けでも、実質的には敗北である。

道寸も同じ読みをしているに違いない、と宗瑞は思う。とすれば、荒次郎が来るまで、ひたすら宗瑞の攻撃に耐え、防御に徹するはずであった。

城に近付くには、まず堀を渡らなければならない。

当然、橋はない。宗瑞が城を囲むのを見越して、三浦軍が橋を落としたのだ。

堀の深さは大人の胸あたりまでしかないが、どんな罠が仕掛けてあるかわかったものではない。水底に先を尖らせた竹を密集させて埋めてあるかもしれないし、大量の油を流し込み、伊勢軍が渡り始めるのを待って火をつけるかもしれない。堀を渡るのに苦労している伊勢軍に投石し、矢を射かけるくらいのことはするであろう。

堀を渡るだけでも大きな損害を被る覚悟がいる。

堀を渡っても、まだ柵がある。柵は頑丈な丸太で組まれ、しかも、二重になっている。柵の前でもたもたしていれば、三浦兵の弓矢の餌食である。

つまり、まともに力攻めを繰り返せば、堀を渡り、柵を破る頃には伊勢軍は全滅しかねない、ということなのである。少なくとも六千の兵が半分になるくらいの犠牲を覚悟しなければ、到底、力攻めなどできるものではない。

兵を大切にする宗瑞が、そんなに愚かなやり方を選ぶはずがない。

では、どうするのか……宗瑞と円覚が知恵を絞って考え出したのが火攻めなのである。城を丸ごと焼き払ってしまえば、力攻めする必要もないから兵を無駄死にさせずに済む。城を包囲すると、宗瑞は兵に休息を与えた。飯を食い、二食分の弁当を用意し、交代で眠るように指示した。明るいうちは城を攻撃しないと決めていたからだ。その代わり、一旦、攻撃を開始したら、恐らく、明日の昼くらいまでは休む暇などないはずであった。

城方では、なぜ、攻めてこないのか、と柵の隙間から顔を覗かせて伊勢軍や今川軍の様子を探っている。敵の猛攻にさらされることは予想しており、そのときの配置や連携などは綿密に指示されていたものの、包囲したまま何も手出しをしてこないとなると、

(いったい、何をするつもりなのか?)

と、かえって不安になる。

やがて、日が西に傾き、あたりが薄暗くなってくる。

篝火を焚き、火攻めの支度をするように宗瑞が命ずる。

日がとっぷり暮れると、宗瑞が攻撃命令を下す。

城を囲む六千の兵が一斉に火矢を射る。

当然ながら、火が燃え広がらないように城方は必死で消火活動をする。油紙を巻いたりして燃えやすくしてあるものの、火矢だけで火災を引き起こすのは容易ではない。時間がかかるのだ。相手側の消火活動が間に合わないほど矢継ぎ早に大量の火矢を射続けるのは、

なかなか難しい。

それがわかっているからこそ、宗瑞はあらかじめ城内に忍びを潜り込ませておいたのだ。とはいえ、すぐに不審な行動を取れば、敵に気付かれてしまう。それ故、ある程度の時間が経ち、城方が消火活動に疲れてきた頃合いを見計らって放火する手筈になっている。

一刻（二時間）経っても、まだ火災は発生しない。

城方が奮闘していると言っていい。

しかし、攻撃が始まって二刻が経つ頃には、城方に疲労の色が濃くなってきた。何しろ、十倍以上の敵に包囲されているのだ。射られる火矢の数が半端ではない。それに消火に使う水も不足してきた。ここに至って、伊勢氏の忍びたちが一斉に活動を開始した。城内に火の手が上がり、あっという間に燃え広がる。

それを見て、宗瑞は城の東側の包囲を緩(ゆる)めさせた。

よくあるやり方で、一ヶ所だけ逃げ道を作ってやるのだ。完全に包囲を続けて、逃げ道のない状態にすると、破れかぶれになった敵兵が死に物狂いでかかってきて、思わぬ被害を被ることがある。逃げ道があると、踏み止(とど)まって戦おうとせず、我先に逃げ出そうとする。人間心理の綾(あや)というものだ。

宗瑞が想像したように、三浦兵は城の東側に殺到した。自ら柵を壊し、堀に飛び込んで城から逃げようとする。半刻ばかり、宗瑞は三浦兵を好きなように逃がした。

まだ城に残り、隠れ潜んでいる敵がいるかもしれないので、紀之介に一千の兵を預けて、城を見張るように命じた。火災が鎮火したら城に入って、敵を探すのだ。

それから、おもむろに追撃命令を発した。

伊勢軍三千と今川軍二千、合わせて五千が敗走する三浦軍を追って東に向かう。

七

岡崎城には五百人弱の三浦兵が立て籠もっていたが、城から脱出したときに多くの兵が行方をくらましてしまったので、夜が明けたとき、道寸の周りには二百人ほどしかいなかった。その二百人は、本拠である三浦半島の新井城から連れてきた者たちで、古くから道寸に仕えてきた者たちである。東相模の兵は、あっさり道寸を見限ったのだ。

道寸が健康体であったならば、いかに兵の数が少ないとはいえ、こうもあっさりと城から落ちることはなかったであろう。老いたとはいえ、戦上手で、謀略の才にも恵まれているのだ。宗瑞も苦戦を強いられたはずである。

だが、今ではほとんど寝たきりで、自分の力では起き上がることもできないほど弱っているから、とても戦の指揮を執（と）ることなどできない。

獅子王院を暗殺し、道寸に重傷を負わせたことで三浦氏を弱体化させることに成功したのが宗瑞の勝因と言っていい。それは、すなわち、最大の功労者が門都普だということでもある。

道寸は馬に乗ることもできないので、輿(こし)に乗せられて運ばれた。六人の三浦兵が輿を担ぎ、東へと道を急ぐ。伊勢軍が追ってくることはわかっているから、のんびり歩くわけにはいかない。走るのである。半里(約二キロ)も走ると、輿を運ぶ兵も疲れてしまうから、そこで別の兵と交代する。

ひたすら逃げることに精一杯で、とても踏み止まって戦うことなどできない。兵の数も足りない。

東に向かう道筋には、無論、東相模の豪族たちの領地が点在している。

だが、道寸を助けるために兵を出そうとする者はいない。宗瑞の率いる大軍が岡崎城に押し寄せ、道寸が敗れたことを知っているからである。詳しいことはわからなくても、岡崎城が燃え、真っ赤に染まった空を見れば、誰が勝者なのかは一目瞭然である。迂闊(うかつ)に道寸に救いの手を差し出せば、自分たちも宗瑞の大軍に飲み込まれることになる。それを恐れ、息を潜めて領地に閉じ籠もっているのだ。

そのおかげで、宗瑞は何の抵抗も受けずに藤沢(ふじさわ)を通過した。

日が高くなってくると、宗瑞は、やや行軍速度を落とした。道寸を救援するために新井城から荒次郎が出てきているに違いない、と思ったからだ。

とは言え、兵の数は、せいぜい一千くらいであろうし、どれほど多くても二千ということはないと見切っている。伊勢軍と今川軍は五千なのだから、たとえ三浦軍が二千であろうと圧倒的に宗瑞が有利である。

しかし、宗瑞は荒次郎の手強さを熟知している。

荒次郎が先頭に立って攻めかかって来ると、兵たちが怯えてしまうのだ。できれば、荒次郎と戦うことを避けたいというのが宗瑞の本音である。

鎌倉にも三浦の兵がいくらかいる。二百から三百くらいだ。それらの兵も合わせ、鎌倉と藤沢の間、恐らく、笛田あたりで荒次郎は決戦を挑んでくるのではないか、と宗瑞は予想した。

先鋒が氏綱の二千、中軍に氏親の今川軍二千、殿が宗瑞の一千という布陣で、連合軍はそろりそろりと鎌倉に向かう。三浦軍と遭遇したら、すぐに戦端を開くことはせず、まずは相手の出方を見るように、と氏綱には指示してある。

しばらくすると、氏綱から伝令がやって来た。

三浦兵はどこにも見当たらない、どうやら鎌倉にもいないようだ、というのである。

「何だと？」

宗瑞が表情を引き締める。

咄嗟に、

（罠ではないか）

と疑った。

念には念を入れて、詳しく調べるように、と指示した。本隊が進む前に、数多くの斥候を放って敵の動きを探るのが宗瑞のやり方で、そのやり方を氏綱も踏襲しているものの、やり方が甘いのではないか、だから、三浦軍の動きを察知できないのではないか、と心配したのだ。

一刻ほどして、また氏綱から伝令がやって来る。

やはり、三浦兵はどこにもいない、鎌倉にもいない、という。

（まさか……）

宗瑞は、ハッとした。罠ではなく、三浦軍は鎌倉も捨てて新井城に向かったのかもしれない、と直感した。

「鎌倉に進め」

宗瑞は氏綱に命じた。決して用心を怠らぬように、と付け加えることを忘れなかった。

八

鎌倉の町は静まり返っている。

伊勢軍の接近を知り、かなりの住民が逃げ出した後である。そこそこ財産のある者は、大切なものを荷車に積み込んで避難した。残っているのは、逃げ出したところで行く当てもなく、持ち出すような財産を持たない者たちである。

宗瑞は軍勢を鎌倉に入れなかった。伊勢軍の軍規は厳しく、これまでの戦でも略奪や暴行などの勝手な振る舞いを兵に許したことはないが、今回は今川軍もいる。宗瑞の軍規は今川軍には及ばない。

それに昨日からの戦いで兵たちは気が昂ぶって興奮状態が続いている。いかに軍規が厳しいとはいえ、どのような不測の事態が起こらないとも限らない。最初から町に入れないことが賢明であろう、と宗瑞は考えた。氏親も了承してくれた。

氏綱が一千の兵を率いて鎌倉に入り、三浦兵を虱潰しに探したが、まったく見付からなかった。

やはり、新井城に引き揚げたのだ。

後になってわかったことだが、藤沢の手前で道寸と出会った荒次郎は、強く決戦を主張したという。

しかし、道寸が許さなかった。

もちろん、三浦の当主は荒次郎で、道寸は隠居に過ぎないから、道寸の意見を退けて荒次郎が自分の考えを押し通すこともできないではなかったが、荒次郎は道寸には忠実なので、道寸に逆らおうとはしなかった。ただ、決戦が駄目だというのなら、鎌倉に立て籠もって両上杉軍の救援を待ちたい、と荒次郎は懇願した。

「馬鹿なことを言うな。わずかの兵で鎌倉を守れるものか。鎌倉は、攻めやすく守りにくいところなのだ。両上杉など、いつやって来るかわからぬし、下手な戦をすれば、鎌倉を燃やしてしまいかねぬ。おまえは歴史に汚名を残したいのか？」

鎌倉など守っても仕方ないし、そもそも守ることなどできない、さっさと本拠の新井城に帰って態勢を立て直すことが肝心だ、鎌倉にこだわってもたもたしていると、敵軍は一気に新井城に押し寄せるかもしれぬぞ……そう道寸は荒次郎を諭した。

三浦軍は鎌倉を放棄して去った。

宗瑞は氏親と馬首を並べて鎌倉に入る。

その後ろに氏綱や弓太郎が従う。

「叔父上、ついに相模を手に入れましたね」

「わしが、相模を……」

「次は武蔵ですか。いや、さすがに気が早すぎるでしょうか」

ははは、と氏親が笑う。

（そうか。わしは相模を手に入れたのか）

不思議なことに何の感情もない。喜ぶべきなのだろうが、喜びの感情が湧いてこない。心の中に、ぽっかり空洞ができたような気分である。

（弥次郎、門都普……おまえたちのおかげで、わしは鎌倉に入ることができたぞ）

西相模を手に入れてから、小田原に腰を据えて三浦氏と死闘を繰り返してきた。念願がかなって、ようやく東相模も手に入れた。

長く険しい道程だった。ここに至るまでに払ってきた大きな犠牲を思うと、とても単純に喜ぶことなどできなかった。

九

鎌倉を手に入れた宗瑞は歌を詠(よ)んだ。

枯るる樹に　また花の木を　植ゑそへて
　もとの都に　なしてこそみめ

宗瑞は鎌倉幕府を開いた源頼朝(みなもとのよりとも)を尊敬している。

鎌倉幕府が続いていたおよそ百五十年というもの、鎌倉は日本の政治の中心として大いに栄えた。

だが、幕府が滅んでから、鎌倉も衰えた。あたかも盛りを過ぎた樹木が枯れたかのように、である。

自分の力で、今一度、鎌倉にかつての栄光を取り戻させよう……そういう意気込みを歌に込めたのである。

十月になると、宗瑞は鎌倉の近くに城を築き始めた。玉縄城である。新井城を本拠とする三浦氏を攻める拠点とするのが目的だが、宗瑞の狙いは、それだけではない。三浦氏を滅ぼした後、宗瑞は武蔵に侵攻するつもりでいる。扇谷上杉氏、山内上杉氏という両上杉と戦う覚悟を決めているのだ。

それが難しいことはわかっている。国力といい、兵力といい、伊勢氏とは比較にならないほど大きいのだ。宗瑞の行く手を遮るふたつの巨大な山なのである。

本当であれば、しばらくは内政に専念し、新たに支配地となった東相模の領国化を進めたいところだ。伊豆と相模を富ませることで、力を蓄えたいのである。三浦氏と戦い、更に休みなく両上杉氏と事を構えるには、まだまだ伊勢氏は力不足だと宗瑞にはわかっている。三年くらいは戦をせず、内政に専念するというのが理想である。

だが、それは難しい。

宗瑞の年齢である。

宗瑞は五十七歳である。この時代の平均寿命の短さを考えれば、すでに老人である。伊豆討ち入りを成功させ、北伊豆を支配下に置いてから、かれこれ二十年経っている。それだけの歳月をかけて、ようやく伊豆と相模を平定した。

武蔵を支配できるのは、いつのことになるか見当もつかない。まさか、一年や二年でどうにかできるとは思っていないが、できれば五年くらいで何とかしたい。もっとも、それは宗瑞の希望的観測に過ぎず、実際には十年や十五年かかるかもしれない。

（わしの代では無理かもしれぬ……）

この頃から、宗瑞は氏綱に家督を譲ることを考え始める。志半ばで自分が倒れたら、その志を氏綱に引き継いでほしいというのが願いなのだ。

氏綱は二十六歳である。

戦はうまい。何度も戦に出ているが、これまで大きな失敗をしたことがない。ここは梃子でも退かぬという意志の強さと、戦うのは得策ではないと判断すれば即座に兵を退くことのできる柔軟さを併せ持っている。

戦というのは、強い者が必ず勝つわけではない。運がモノを言うこともある。百戦百勝などあり得ることではない。百戦百勝を目指せば、どこかで足をすくわれて命を落とす。肝心なのは戦に勝つことではなく、戦に負けないことである。状況を的確に判断し、勝てそうにないと見極めたら、できるだけ兵を失わないように心懸け、速やかに退かなければならない。妙な意地を張れば、兵を失い、自分も命を失いかねない。命さえあれば、戦はやり直しが利く。生き延びることが大切なのだ。

そういう戦における緩急の呼吸を氏綱は心得ているから、安心して兵の指揮を任せることができる。

　政(まつりごと)は未熟である。まだまだ知識と経験が不足している。

　しかし、伊勢氏には松田信之介(まつだしんのすけ)を始めとして優秀な家臣が揃っているから、家臣の進言に素直に耳を傾ける度量の広さがあれば、知識と経験の不足を十分に補うことができる。

　つまり、客観的に見れば、氏綱が家督を継ぐ条件は整っていると言えるし、決して親の贔屓目(ひいきめ)ではなく、氏綱はよい領主になりそうな気がする。

（真剣に考えねばなるまいな）

　そうは言っても、鎌倉まで進出したとはいえ三浦氏は健在だし、国境を接する武蔵には強大な両上杉氏がいる。すぐに家督を譲るのは、さすがに氏綱にとっても荷が重すぎるであろう。

（まずは三浦を滅ぼしてからだな）

　それまでは病や怪我で倒れることなく健康を保たなければ、と宗瑞は己を戒(いまし)める。

　宗瑞が玉縄城を築いている頃、武蔵で大きな動きがあった。

　憲房と顕実の抗争が終結したのである。憲房が顕実を軍事的に圧倒し、顕実が降伏した。

　顕実は山内上杉の家督を憲房に譲った。

　但(ただ)し、関東管領(かんれい)職には留まった。

それを憲房が承知したのは、あまり顕実を追い詰めすぎると山内上杉氏内部の亀裂が修復しがたいほど深刻になりかねないからであった。関東管領職のままであれば、顕実も何とか面目を保つことができる。名より実を取ることで顕実との融和を演出したのである。

十

伊勢氏は、玉縄城の普請に力を入れつつ、三浦氏を支持する東相模の豪族たちの掃討に明け暮れた。

一方の三浦氏は、新井城に籠もったまま目立った動きを見せなかった。

道寸の具合が悪いのだろう、と宗瑞は推測した。

（このまま死んでくれぬものか……）

というのが本音である。

道寸がいなくなり、荒次郎だけになれば、宗瑞としてはやりやすい。いかに戦が強いとはいえ、道寸のように長期的な展望を土台として堅実な戦略を練る、という才能はない。

年が明けて永正十年（一五一三）正月、満を持して三浦軍が鎌倉に進撃を始めた。そこそこ体調が回復したとはいえ、道寸は馬に乗ることができず、兵たちの担ぐ輿に乗せられて進んだ。その傍らに荒次郎が徒歩で従う。兵の数は二千である。

三浦氏とすれば、かなり思い切った動員だが、伊勢軍を鎌倉から追い払い、再び東相模に進出するには心許ない数である。

道寸とて、単独で出陣するのではなく、両上杉の加勢を期待し、できれば五千くらいの兵力で伊勢軍と対峙したいところだった。

ところが、何度、使者を送っても色よい返事がない。新たに山内上杉氏の主となった憲房が煮え切らないのである。兵を出すのを断るのではなく、今すぐには無理なので、そのうちに……という言い方なのである。

その事情は道寸にもわからないではない。憲房と顕実が争ったことで、山内上杉氏はふたつに割れてしまい、結束が弱まっている。今は兵を動かすよりも、顕実を支持した豪族たちとの融和に努めたいのに違いなかった。

だが、道寸には道寸の事情がある。もたもたしていると玉縄城が完成してしまう。伊勢軍が堅固な城を築けば、三浦氏も迂闊に手出しできなくなるから、玉縄城が完成しないうちに戦いを挑もうとした。時間が経てば経つほど東相模を奪い返すことが難しくなってしまう。

玉縄城を守っているのは紀之介である。宗瑞から一千の兵を預かっている。この一千の兵は、もちろん、鎌倉防衛のために残っているのだが、それだけが目的ではない。戦いよりも、むしろ、築城工事のために残っているといっていい。近在の豪族たちに人手を出すように命じたり、鎌倉で人を集めたりしてはいるものの、少しでも早く工事を進めるために一千の兵たちは早朝から普請に励んでいる。

この役目は紀之介が自ら買って出た。

最初、宗瑞は許さなかった。

もちろん、敵襲に備えつつ、築城工事を進めるという難しい役目をこなすのに紀之介ほどふさわしい者はいない。

宗瑞が懸念したのは紀之介の体調である。ここ数年、たびたび体調を崩して寝込んでいる。肺を病んでいるようであった。

この時代、肺病は不治の病である。治しようがないのだ。病の進行を遅らせるには、滋養のある食事を摂り、できるだけ疲れないようにするしかない。それ故、宗瑞は岡崎城攻めにも、できることなら紀之介を参加させたくなかったが、紀之介がいるといないとでは作戦の組み立て方まで変えなければならないほどの戦上手なので無理を承知で参加させた。

宗瑞の期待に応え、紀之介は見事な働きぶりを示した。おかげで宗瑞は岡崎城を落とし、一気に鎌倉まで進撃することに成功したのである。

戦いが終わった後、紀之介は数日、寝込んだ。顔色が悪いというより、透き通っているように見えた。血も吐いた。病が悪化していることは明らかだった。

しばらく鎌倉で静養させてから小田原に帰そうと宗瑞は考えた。

しかし、紀之介の方から、

「どうか、わたしをここに残して下さいませ」

と、宗瑞に頼んだ。

「無理をさせるつもりはない。もう十分すぎるほど働いてくれた。ゆっくり休むがよい」

「自分の体がどうなっているのかは自分がよくわかっております。病が進めば、いずれ寝たきりになってしまいましょう。その覚悟はできております。しかし、今はまだ自分の足で歩くことができます。武器を手にして敵と戦うだけの力はありませぬが、采配を振って兵を動かすことはできます。寝たきりになってしまう前に少しでも殿のお役に立ちたいのです」

「命を縮めることになるではないか。おまえには長く生きてもらわなければ困る」

「伏してお願いいたします。この世での最後のお願いでございます」

「……」

そうまで言われては、宗瑞としても承知せざるを得なかった。但し、容態が悪化したら、決して隠してはならぬ、すぐに知らせるように、ときつく命じた。たとえ、容態が悪化しなくても、玉縄城が完成したら他の者と交代させることも告げた。完成予定を、宗瑞は翌年の春頃であろうと見込んでいた。それらの条件を紀之介は素直に受け入れた。

「城ができあがるのを道寸がおとなしく待ってくれるとは思えませぬが」

と微笑んだ。

実際、紀之介が予想した通り、年が明けるとすぐに道寸と荒次郎が押し寄せてきたわけであった。

普通に考えれば、三浦軍が二千、玉縄城の伊勢軍が一千だから、小田原から援軍が到着するまで城に立て籠もるべきであろう。

そう長く待つこともない。せいぜい一日、戦支度に手間取ったとしても、二日もすれば味方がやって来る。わずか二日だけのことであれば、二千の三浦軍が玉縄城を攻め落とすことは不可能であろう。

戦術的には籠城（ろうじょう）が正しい判断だとわかっていたが、紀之介は敢（あ）えて籠城策を捨てた。玉縄城を落とされることなど心配していなかった。心配したのは鎌倉のことである。伊勢軍が籠城している間に、三浦軍に鎌倉略奪を許せば、伊勢軍の評判は地に墜（お）ちる。それを恐れた。鎌倉を防衛することができなければ、玉縄城が存在する意味はないのだ。

それ故、紀之介は玉縄城を出て、三浦軍と戦う決意をした。勝とうとは思っていない。味方は一千、敵は二千である。無理をすれば負ける。三浦軍を足止めし、小田原から味方が到着するまでの時間稼ぎができればいい。

戦というのは、突き詰めてしまえば、軍勢を指揮する者同士の腹の探り合いと言っていい。

紀之介は道寸の狙いを玉縄城ではなく、鎌倉であると考えた。だから、出陣を決意した。

紀之介の読みは当たった。

道寸には玉縄城を攻めるつもりはなかった。

たとえ未完成の城とはいえ、わずか二千で一千の伊勢軍が立て籠もる城を落とすことは容易ではない。もたもたしていると小田原から援軍がやって来る。

（鎌倉を攻めてやる）

それが道寸の方針だ。玉縄城を落とすより、たとえ一日でも鎌倉で暴れる方が政治的な効果が大きいと見たのだ。

小田原から援軍がやって来れば、さっさと新井城に引き揚げるつもりだ。

しばらくして、その援軍が小田原に帰ったら、また鎌倉を攻める。

それを繰り返せば、

「伊勢は頼りにならぬ」

「三浦を恐れて城に籠もっているだけではないか」

と鎌倉の者たちは怒りの声を発するであろうし、そんな声が広がっていけば、東相模の豪族たちも、

「小田原勢は、案外、腰が抜けている」

と伊勢氏を見限るであろう。

そういう下拵（したごしら）えをした上で、憲房を説得して両上杉の加勢を仰ぐことができれば、そ

のときこそ玉縄城を攻め落として、東相模を奪い返すことができるはずであった。

長期的な戦略を描いた上で、道寸は出陣してきた。それ故、伊勢軍が籠城してくれれば、道寸としてはありがたい。たとえわずかの時間でも、三浦軍が鎌倉に入るという事実が重要なのであり、それができれば、今回の出陣は大成功なのだ。

道寸の思惑を、紀之介がすべて見抜いていたわけではないが、玉縄城を守ること以上に、三浦軍を鎌倉に入れないことが、よりいっそう大切なのだということはわかっていた。だからこそ、紀之介は、ためらうことなく一千の兵を率いて玉縄城を出た。ほとんど城を空にしたのである。城に残したのは、水仕事をする女たちや雑用係の下男たち、あとは門番くらいのものだ。万が一、三浦軍が鎌倉ではなく玉縄城に向かってきたら、ひとたまりもない。

しかも、紀之介は、およそ兵法の常識から外れたことをやった。兵力を分散したのだ。伊勢軍は三浦軍の半分でしかない。敵に比べてはるかに劣っている兵力を分散するというのは自らの首を絞めるようなものだ。各個撃破されたら一巻の終わりである。

紀之介は玉縄城に二人の息子を連れてきている。体調に不安を感じているので、自分の身に何かあったときのために、最も信頼できる者をそばに置いたのである。

長男は葛山太郎盛繁（くずやまたろうもりしげ）で、二十一歳。嫡男として、いずれ紀之介の後を継いで葛山家の当主になる。盛繁の「盛」は宗瑞の諱（いみな）である「盛時（もりとき）」の一字をもらった。

次男は伊奈次郎十兵衛で、十八歳。宗瑞の肝いりで韮山の名家・伊奈家の養子になっている。

紀之介は、盛繁と十兵衛に兵を三百ずつ預けた。自らが率いるのは四百である。

三浦軍の動きは、刻々と紀之介のもとに知らされる。新井城を出た三浦軍は、海岸沿いに北上を続けているという。

紀之介は逗子と葉山の中間地点にある桜山という小高い丘に布陣した。盛繁と十兵衛に策を授け、それぞれ桜山の東と西の森に隠れているように命じた。紀之介の立てた作戦は単純だ。自らが囮となって三浦軍を引き寄せ、三浦軍が戦い疲れた頃合いを見計らって、盛繁と十兵衛に三浦軍の脇腹を攻撃させようというのである。

だが、冷静に考えれば、紀之介は四百、三浦軍は二千である。どれほど持ちこたえることができるか、実際に戦ってみなければわからないから、盛繁と十兵衛が「頃合い」を見誤れば、桜山が紀之介の死に場所となりかねない。

この策を聞いたとき、慎重な性格の盛繁は、

「あまりにも危のうございます」

と反対した。紀之介を翻意させることができないと悟ると、せめて、桜山を守る役目は自分に任せてもらいたい、と頼んだ。

「それは無理だ」

「なぜでございますか？」

「わしは動けぬからだ。馬にも乗れぬ。わしにできるのは、桜山に立てる伊勢と葛山の旗のそばに坐っていることだけだ。おまえは馬に乗って兵を指揮し、敵軍に突撃しなければならぬ。わしにできないことをするのだ」

「しかしながら……」

「兄上、そう心配なさいますな。父上の策に従いましょうぞ。わしらが道寸と荒次郎の首をあげればいいだけのことではありませんか」

十兵衛が景気よく笑う。

「深追いはならぬぞ」

紀之介が十兵衛を戒める。

「策がうまくいき、三浦勢が兵を退いてくれれば、それでよいのだ。明日には小田原から宗瑞さまが来て下さる。それまで持ちこたえることが肝要なのだからな」

「わかっております。お任せ下さい」

十兵衛がにこにこ笑う。

「……」

紀之介と盛繁がちらりと視線を交わす。勇猛で頼りになる男だが、血の気が多く、カッとなりやすいのが十兵衛の欠点だ。思慮に欠けるところもあるので、二人は十兵衛がちゃんとやれるかどうか心配しているのだ。

しかし、今となっては、あれこれ心配している余裕もない。

十一

伊勢軍が桜山に布陣しているのを知ると、

（わしらを鎌倉に入れぬつもりだな）

と、道寸は察し、軍勢を桜山に向ける。

桜山を迂回するという手もあったが、それでは背後を衝かれる恐れがある。

物見の報告では、桜山の伊勢軍は四百から五百くらいであるという。それを聞いても、道寸はおかしいとは思わなかった。兵力をふたつに分け、半分を玉縄城に残し、半分を桜山に配したのであろうと考えた。それが兵法の常識である。城を空にして全軍が出撃するなどということは、兵法ではあり得ないのだ。そんなことをすれば、万が一、戦に敗れれば、玉縄城を失うのはもちろん、鎌倉も東相模もすべて失うことになりかねないからだ。どこからも援軍が来ないというのであれば背水の陣を布くこともあり得るが、明日か明後日には小田原から援軍がやって来るのだから、敢えて危険な博奕をする必要などない。

道寸は兵法の常識に従って敵の意図を想像した。

（わしらを桜山で足止めして時間稼ぎをするつもりなのであろうよ。本気で戦をするつも

りはない。ならば、一気に攻め潰してしまおう）

桜山には防御陣地のようなものは何も構築されていない。柵を立てたり、堀を掘ったりする時間がなかったのだ。丘の上にいるという地の利だけを頼りに伊勢軍は布陣している。二千の三浦軍が猛攻撃すれば、ひとたまりもないであろう。

道寸は兵力をふたつに分けた。

荒次郎に一千五百を預けて先鋒とし、道寸自身は五百の兵と共に後方に位置した。

道寸の狙いは、伊勢軍を桜山から追い払い、玉縄城に立て籠もらせることである。そうすれば三浦軍の鎌倉侵攻を遮るものは何もない。

道寸は桜山攻撃を命じた。

一月十四日の昼近く、桜山の戦いが始まった。


紀之介は巧みに兵を動かし、三浦軍につけいる隙を与えなかった。

しかし、戦いが始まって半刻（一時間）ほどすると、早くも伊勢軍の敗色が濃くなってきた。指揮しているのが紀之介でなければ、とっくに伊勢軍は壊滅していたであろう。

強固な砦に立て籠もっているのなら話は別だが、見晴らしのよい丘の上から敵を見下ろすことができるという以外に有利な点はない。四倍近い敵が相手では、いつまでも小手先のごまかしは通用しない。

紀之介は床几に坐っているが、じっと坐っているだけでも辛いのか、顔色がひどく悪い。

（どうやら、ここがわしの死に場所になるらしい）

紀之介は空を見上げ、大きく息を吐く。

どれほど苦戦しようと、桜山から兵を退くという選択肢は紀之介の頭にはない。それは無駄である。兵を退くには、三浦軍が上ってくるのとは反対側の斜面を下らなければならないが、そんなことをすれば、丘の上から矢で狙い撃ちにされる。矢を射られて混乱しているところに三浦軍が襲いかかれば、伊勢軍はひとたまりもない。下っていく敵を追い落とすことほど楽な戦いはないのである。

盛繁と十兵衛には、三浦軍が疲労した頃合いを見計らって攻撃せよ、と命じてあるが、戦いが始まってまだ半刻では、三浦軍はまったく疲れていないであろうから、たとえ盛繁と十兵衛が不意打ちを仕掛けたとしても返り討ちにされてしまう可能性が高い。

（無理をするな。無理をして、わしを助けようとすれば、おまえたちまで死ぬことになる）

紀之介は、もう自分の生死には関心がない。ただ息子たちのことだけが気懸かりだった。足許に流れ矢が突き刺さり、ハッとして紀之介は顔を上げる。三浦兵の顔がはっきり識別できるほど、敵軍が間近に迫っている。刀に手をかけるが、すぐに諦める。刀を振り回すような力はないのだ。代わりに小柄を手に取り、膝の上に置く。何の抵抗もしないで死ぬつもりはないし、生け捕りにされるつもりもない。いよいよ駄目だとわかれば、小柄で喉を突いて自害しようと決めた。

そのとき麓の方から喊声が聞こえてきた。寄せ手の三浦軍や、それを押し返そうとする伊勢軍が発している怒号や叫び声とは違った大音声である。

それを耳にした紀之介は、

（ああ、倅どもが三浦を攻めているな）

と察した。

盛繁と十兵衛には、あまり細かい指図をしなかった。戦場では何が起こるかわからない。突発的な出来事に臨機応変に対処するには、細かく指図するより本人たちの判断に任せる方がいいと考えた。

だから、盛繁と十兵衛が協力して同時に三浦軍に攻めかかったのか、それとも、どちらか一方だけが攻めかかったのか、紀之介にはわからない。

ただ、

（道寸に狙いをつけたに違いない）

という見当はつく。

三浦軍の先鋒を指揮しているのは荒次郎である。とすれば、当然、道寸は後詰めとして後方に控えているはずであった。それが三浦軍のやり方なのだ。

(始めた以上、何としても勝たねばならぬぞ。敵を負かし、何としても生き抜くのだ)

紀之介は心の中で、盛繁と十兵衛に呼びかける。


道寸の五百に攻めかかったのは盛繁の三百であった。

道寸は、荒次郎の率いる一千五百が嵩に懸かって桜山の紀之介を攻め立てるのを麓から見上げながら、

「そう長くはかかるまい。間もなく敵は逃げ始めるであろうよ」

と余裕綽々だった。

道寸ほどの戦名人が、伊勢軍の伏兵を警戒しなかったのは迂闊というしかない。玉縄城と桜山のふたつを守るだけで手一杯だろうと見切っていたせいであった。

突如として現れた伊勢軍に驚きはしたものの、

(どうせ大した数ではない。百人もいるかどうか)

と高を括った。

そのせいで先鋒の荒次郎に救援を求めるのが遅れた。

道寸の手許には五百の兵がいる。

伊勢軍の伏兵が百くらいであれば容易に返り討ちにすることができる。

しかし、実際には伊勢軍は三百人だった。

これは予想外で、不意を衝かれたせいもあり、たちまち三浦軍は混乱に陥った。

ここに十兵衛の三百が加われば、道寸を討ち取ることができたであろう。

だが、十兵衛は盛繁とは違うことをしようとしていた。

紀之介のもとを辞し、それぞれ三百の兵を率いて出発しようとしたとき、

「兄者は、どうなさるおつもりか？」

と、十兵衛は訊いた。

「大きく迂回して敵の背後に回り、敵の本陣を衝こうと思う」

「なるほど、道寸の首を奪おうというわけですな」

「おまえも手を貸せ」

「いやいや、道寸の首は兄者に差し上げる。わしは荒次郎の首をもらう」

「敵の先鋒と戦おうというのか？　荒次郎は三浦軍の大半を率いて桜山に攻め上ろうとするはずだ。三百で不意を衝いても、あまり効き目はないぞ」

「大丈夫、大丈夫。わしは荒次郎が無類の孝行息子だという話も聞いているのですよ」

「どういう意味だ？」

「それは言えませぬ」

十兵衛がにんまり笑う。

（わしは荒次郎を討ち取ってやる）

そう決めた。

これまでの戦ぶりから考えると、荒次郎は、理屈ではなく感情で動く、血の気の多い猪突猛進(ちょとつもうしん)型の武者だ。麓に陣を構えている道寸を盛繁が襲えば、親思いの荒次郎は道寸を助けようとして、真っ先に桜山を下るに違いなかった。

（そこを狙えばよいわ）

十兵衛は桜山の中腹に兵を隠し、そのときが来るのを待った。

十二

ご隠居さまが敵に襲われて苦戦している、と使者から聞かされると、

「何だと、父上が！」

先頭に立って桜山の伊勢軍を攻め立てていた荒次郎は、馬に飛び乗って麓に下り始めた。今の状況を冷静に吟味することなく、感情に身を任せたのだ。

桜山の伊勢軍は四百、荒次郎が指揮しているのは一千五百である。すでに伊勢軍は壊滅寸前だ。ここに半分の兵を残し、あとの半分を道寸の救援に向かわせればいいだけのことである。三浦軍の有利な状況は何も変わらないはずであった。そばに獅子王院がいれば、間違いなく、そう進言したであろう。

しかし、獅子王院はいない。死んだ。

自分が救援に向かうのであれば、せめて、後に残る者たちに、これからどうするかという指図をするべきだったが、そんなこともしなかった。

使者の報告を聞くなり、一人で下山し始めた。

兵たちには何が起こったのかわからない。荒次郎の近習たちが慌てて後を追う。それにつられて、近くにいた兵たちも走り出す。

こうなると、それ以外の兵たちも、

（どうやら退くらしい）

と勝手に判断し、攻撃をやめて自分たちも荒次郎を追いかけようとする。

突如として三浦軍が桜山を下り始める。その先頭にいるのは荒次郎である。途方もない大男だから、遠くからでも間違えようがない。

十兵衛は茂みに兵を隠している。

三百の兵が弓矢を手にして荒次郎だけを狙っているのだ。

「まだだ、しっかり引きつけよ。よく狙え」

己に言い聞かせるように十兵衛が兵たちに言う。

山道は細い。馬二頭が並んで歩けるほどの幅しかない。しかも、あまりいい道ではない。でこぼこしていて、石や枯れ木が落ちているから、それほど速く馬を走らせることはできない。急がせれば、馬が躓いてしまう。

十兵衛たちにしても三百の兵が一ヶ所に密集しているわけではない。そんな広い場所はないから、山道に沿って、ざっと一町（約一〇九メートル）ほども横に長く広がっている。三浦軍がきちんと態勢を整えて下山してくれば、たとえ不意打ちを食らったとしても、すぐに態勢を立て直して反撃することができたであろう。兵の数が違いすぎるのだ。が、戦は数だけで決まるものではない。思いもよらない落とし穴にはまり、ほんの一瞬で勝ち戦が負け戦に転換することもある。

今の三浦軍が、そうであった。

父の危機を救うために一刻も早く山を下りようという、その荒次郎のひたむきさが三浦軍を恐るべき陥穽に落とそうとしている。

（来た！）

十兵衛の目に荒次郎の姿が映る。すぐにでも命令を下したいのを、ぐっと堪える。

この化け物のような大男のせいで伊勢軍は何度となく苦杯を嘗めさせられ、多くの兵が命を落とした。

ようやく復讐の機会がやって来た。

十兵衛の心臓は、どくんっ、どくんっ、と激しく強く鼓動している。呼吸も速くなっている。顔が火照って熱い。

（落ち着け、落ち着け）

必死に自分に言い聞かせる。これは千載一遇の好機である。恐らく、こんな巡り合わせは二度とないであろう。だからこそ、慎重になる必要がある。荒次郎を十分に引きつけなければならないのだ。

十兵衛の口から血が滴る。己を落ち着かせようとするあまり、口の中の肉を嚙みきってしまったらしい。だが、その痛みにも気が付かない。

（あと少し、あと少し……）

手を伸ばせば、荒次郎に届きそうなほど間近に迫ったとき、ようやく、十兵衛は、

「射よ！　射よ！　射よ！」

と連呼した。

兵たちが一斉に矢を射る。

すぐ目の前を馬で走り抜ける荒次郎を狙うのだから簡単に当たりそうなものだが、そううまくはいかない。

十兵衛には長い時間に思われたが、荒次郎が馬で駆け抜けたのは、実際には、ほんのわずかの時間に過ぎなかった。馬を止めることなく、そのまま山道を下っていったので、矢が当たったのかどうか、十兵衛にはわからない。確実に命中した、と目視できた矢は一本もなかったのである。

「退くぞ！」

矢を射たら、さっさと引き揚げる、と兵たちには命じてあった。何倍もの敵とまともに戦っても勝ち目はないからだ。

十兵衛は森の中に姿を消した。

十三

一刻（二時間）ほど後……。

十兵衛と三百の兵たちは桜山の頂上付近に布陣している紀之介の軍勢に合流した。

「おお、十兵衛、無事だったか」

疲労しきった真っ青な顔で、紀之介が嬉しそうに話しかける。わが身のことなどより、二人の息子の安否が気になっていたのだ。

「兄上は？」

「まだ戻らぬ」

紀之介の顔が曇る。

道寸の五百と戦っているところに荒次郎の一千五百が下山してきたら、わずか三百の兵を率いているだけの盛繁は、ひとたまりもないはずであった。

「なあに、兄上は運のいい御方でありますれば、そう心配することもありますまい。道寸の首を手土産にして、いずれ戻りましょうぞ」

「そうだといいが」

紀之介と十兵衛が話しているところに、泥と汗にまみれた姿で盛繁が戻ってきた。

「よかった」

紀之介が安堵の吐息を洩らす。

「ほら、父上、言った通りでしょう。兄上は運が強い。こんなところで死んだりしませんよ。で、どんな具合だったのですか？」

「それがどうも妙なのだ……」

道寸に不意打ちを食らわせ、盛繁は有利な戦いを進めていた。うまくいけば道寸を討ち取ることができるかもしれない、と期待し始めたところに、三浦の大軍が桜山を下ってきた。盛繁は慌てて兵をまとめ、急いで引き揚げようとしたが、敵の数が多すぎて身動きが取れなくなった。このまま包囲されて死ぬことになるのか、と諦めかけたとき、不思議なことが起こった。

桜山を下ってきた三浦軍は、道寸の五百を収容すると、盛繁たちには見向きもせず、南下を始めたというのである。

「なぜ、三浦軍はそのようなことを？」

十兵衛が訊く。

「わからぬ……」

盛繁が首を捻る。

「わからぬが、そのおかげで、わしは生きている。二千もの敵が相手では、とても勝ち目がなかった」

「何かあったな」

紀之介がつぶやく。

「はい。そう思ったので、何人かの兵に三浦軍の後を追わせています。彼らが戻ってくれば、何があったのかわかるでしょう」

「ふんっ、道寸が死んだのではないですか？　流れ矢にでも当たって」

十兵衛が言うと、

「おまえの方こそ、どうだった？　何か戦果はないのか」

「何とも言えませぬなあ」

「油断はするまいぞ。もっと人を出して、周辺の様子を探るのだ」

紀之介が命ずる。

十四

翌朝、宗瑞と氏綱が二千の兵を率いて小田原から駆けつけ、玉縄城に入った。氏綱の弟・氏時(うじとき)や軍配者・円覚も同行している。

それを知った紀之介たちは、桜山の陣を払い、玉縄城に戻った。

宗瑞は、彼らを城の門前で出迎えた。

「よくしのいでくれた。礼を言うぞ。ゆっくり休むがよい」

「すぐにお話ししなければならないことがあるのです」

紀之介が息を切らせながら言う。昨日よりも、更に具合が悪そうだ。

「今にも倒れそうな様子ではないか。話ならば、後でゆっくり聞こう。だから……」

「いいえ、どうしても今でなければならぬのです」

その言い方にただならぬ気配を感じたのか、

「よかろう。広間で話を聞く」

宗瑞が表情を引き締めてうなずく。

「それは、まことか?」

宗瑞が驚いて、思わず身を乗り出す。

驚いたのは、氏綱と円覚も同様である。

「間違いないと思われます」

紀之介がうなずく。

三浦軍に何があったのか、それを探らせるために三浦軍の後を追わせていた兵たちが、

続々と戻ってきた。皆が口を揃えて、

「荒次郎殿が負傷した」

と報告したのである。

しかも、かなりの深手だという。

道寸の容態も悪いらしく、だからこそ、三浦軍は圧倒的に有利な立場にいながら、桜山から兵を退いたのである。すでに本拠である新井城に入ったという。

「誰が荒次郎に傷を負わせたのだ？ 褒美（ほうび）を取らせねばなるまい」

宗瑞が言うと、

「さて、誰でありましょうか？」

紀之介が口の端に笑みを浮かべて十兵衛を見遣る。

「汝（なんじ）か、十兵衛？」

「い、いいえ、あの……」

十兵衛は、もじもじして体を丸めてうつむいてしまう。この豪放磊落（ごうほうらいらく）な男に苦手なものがあるとすれば、それは宗瑞であった。いや、苦手というのではない。逆である。宗瑞を神の如くに敬（うやま）っているのである。世の中に、これほど偉い人はいないと心から信じているから、宗瑞の前に出ると、借りてきた猫のようにおとなしくなり、まともに口を利くことすらできなくなってしまう。

盛繁と十兵衛がどういう戦い方をしたか、ゆうべのうちに紀之介は話を聞いていたから、その内容をかいつまんで宗瑞に説明した。それを聞くと、

「ほう、荒次郎が道寸を救うために桜山を下ると見越して山道に沿って兵を隠しておいたのか。十兵衛は見事な策士よのう。大したものだ」

宗瑞が賞賛する。

「ありがたきお言葉にございまする」

蚊の鳴くような声で十兵衛が答える。

「道寸が衰えている今、荒次郎が深手を負って動くことができないというのは、われらにとっては実にありがたいことよ。この機会を逃すまいぞ」

宗瑞は新井城攻めを決意した。この際、三浦氏を一気に滅ぼしてしまおうというのだ。

それには小田原から連れてきた二千、玉縄城にいる一千では兵が足りない。韮山と小田原に使者を発し、更に二千の兵を送るように命じた。

食糧や武器の調達など、新たな戦支度をする必要に迫られ、その用意に手間取ったこともあり、宗瑞が四千五百の兵を率いて新井城に向けて進撃を開始したのは四月の初めであった。玉縄城には五百の兵を残した。

十五

三浦氏の本拠・新井城は、現在の三崎町、油壺にあった。

北と南、西の三方向は切り立った崖で海に面している。崖の下は樹木が密生した茂みで、その茂みと海の間には巨大な石が数多く転がっている。陸地の近くでも海は深く、流れが速い。舟で近付こうものなら波に押し流されて巨石に叩きつけられてしまうであろう。

東側だけが、かろうじて陸地に続いている。

鎌倉奪還に失敗し、桜山から退却した後、遠からず伊勢軍が攻め寄せてくることを想定し、道寸は陸地と繋がる道を細く削って、頑丈な門を拵えた。たとえ、どれほどの大軍が攻めてこようと、この道を一度に大人数が通過するのは不可能だから、縦長になって進むしかない。門の前で立ち往生すれば、三浦軍に弓矢で狙い撃ちされるであろう。

新井城を目にした宗瑞は呆然とした。

遠くから見ると、まるで新井城は海に浮かんでいるかのようであった。海からも陸からも攻めることのできない難攻不落の要害である。

数日かけて調べたが、どこからも城を攻める術がないのである。

籠城しているのは八百人ほどに過ぎない。

普通ならば、四千五百もの大軍で攻めれば、簡単に攻め潰すことができそうだが、新井城に力攻めは通用しない。

「こちらから攻める術がないということは、三浦の方も城から出て来る術がないということです。ここは兵糧攻めがよいかと存じます」

「うむ」

円覚の言葉に宗瑞がうなずく。荒い海と切り立った崖が邪魔をして、伊勢軍は新井城を海から攻めることができないが、それは三浦軍も崖を下って海に逃れることは不可能だということを意味する。三浦軍が城から出るには東側の細い道を通るしかないのだ。つまり、そこだけしっかり見張っておけば、あとは城方の兵糧が尽きて立ち枯れるのを待てばいい。戦わずして勝てるであろう。

「おまえも、そう思うか？」

宗瑞が氏綱に顔を向ける。

「はい。それ以外にない、と思います」

「まあ、確かに、それが無難なやり方なのだが……」

宗瑞の態度が煮え切らないのには理由がある。

新井城についていろいろ調べているうちに、ひとつの噂を知った。

千駄矢倉の噂である。

新井城には千駄矢倉と呼ばれる巨大な岩穴があるという。一駄というのは馬一頭が運ぶことのできる荷物の量である。千駄だから、馬一千頭が運ぶことのできる米と穀物が、その矢倉に貯蔵されているというのである。

よほどの蓄えがない限り、八百人もの兵が毎日飯を食えば、すぐに兵糧が底をつき、兵が飢えて城が落ちる。当然の成り行きである。

宗瑞は千駄矢倉は実在する、と信じた。

道寸ほどの男が、先のことを考えずに籠城するはずがない。少なくとも一年くらいは籠城できるほどの兵糧を用意したはずであった。

（一年……いや、二年かもしれぬ……）

気が遠くなりそうであった。

三浦方は、もう逃げる場所がないのだから死に物狂いであろう。一年でも二年でも籠城に耐え、両上杉の救援を待つ覚悟に違いない。

宗瑞の方は、どうか？

韮山からも小田原からも遠く離れた敵地にいる。

四千五百という大軍を率いているとはいえ、持参した兵糧は数日分に過ぎない。長期間の兵糧攻めで苦しむのは三浦軍ではなく伊勢軍なのだ。

新井城を落とすには、常識的に考えれば、円覚が進言したように兵糧攻めするしかなく、その兵糧攻めが不可能なのであれば、兵を退くしかない。単純な論理である。

しかし、宗瑞は、

「兵を退く」

という決断を下すことができなかった。

確かに新井城を攻め落とすのは容易ではない。

それは重々承知している。

が……。

この城を落とし、立て籠もっている三浦軍を滅ぼせば、長年にわたって繰り広げられてきた三浦氏との抗争に終止符を打つことができる。それは東相模だけでなく、三浦半島をも手中に収めることを意味している。武蔵に攻め込む足場ができるということでもある。

それを考えると、ここまで道寸を追い詰めながら、みすみす兵を退くという決断を下すことなどできなかった。

かといって、力攻めすれば、間違いなく伊勢軍が敗北する。

「城の見張りを厳重にせよ」

と、氏綱と円覚に命じ、どうすればいいか、ひたすら宗瑞は考えた。誰にも会わず思考に没入した。

座禅を組み、頭の中を真っ白にする。

それから考える。

思考が行き詰まると、また座禅を組んで頭の中を真っ白にする。

そして、また考える。

延々と、その繰り返しである。

飯もほとんど食わず、いつ眠ったのかもわからない状態が続く。そんなことを三日ほど続けて、

(やはり、退くことはできぬ)

という結論に達した。

つまり、戦略が決まったのだ。

次は戦術を考えなければならない。

いかにして新井城を落とすかという具体的な作戦である。

力攻めが不可能だとすれば、兵糧攻めしかない。

しかし、三浦軍には千駄矢倉があり、一年でも二年でも籠城することが可能だ。

そんな城を兵糧攻めできるのか?

その点を、宗瑞はひたすら考えた。

やがて、考えがまとまると、氏綱と円覚を呼んだ。

「父上……」

「殿……」

二人は宗瑞の顔を見て驚愕した。頰の肉が落ち、げっそりと痩せこけ、目の下には濃い隈ができている。わずか数日で、すっかり面変わりしてしまった。

「わしのことは心配ない。いかにして、あの城を落とすか考え抜いたせいだ。考えがまとまったから、すぐに元に戻る」

「それならば、よいのですが……」

氏綱が心配そうな顔をする。

「兵糧攻めをすると決めたぞ」

「しかし……」

円覚が首を捻る。

最初に兵糧攻めを勧めたのは円覚だが、千駄矢倉の存在を知って、兵糧攻めは無理だと考えを改めた。今では、すみやかな退却こそが最善の策だと考えている。

「三浦方には山のように兵糧がある。一年……いや、二年くらい食うに困らぬほどの兵糧があるかもしれぬ。それ故、わしらも腹を括り、一年だろうが二年だろうが兵糧攻めを続けるのだ……」

宗瑞は自分の考えを二人に説明した。

新井城を見張るために向かい城を拵え、そこに二千の兵を入れる。常駐させるのだ。

万が一、三浦軍が城から打って出てきたとしても、総勢は八百人に過ぎないし、陸地と繫がる細い道を通らなければならないから、一度に打って出ることはできない。二列縦隊くらいで進むしかないが、そんなことをすれば弓矢の餌食になるだけである。皮肉なことに、新井城を難攻不落とするために道寸が施した工夫が、三浦軍の城からの脱出を不可能にしているのだ。

それ故、二千の軍勢でしっかり見張れば、三浦軍をいつまでも新井城に閉じ込めておくことができる。

向かい城に二千の兵を入れ、玉縄城の兵も通常は一千だが増員して二千に増やす。何かあれば、すぐに向かい城に救援に駆けつけられると同時に、両上杉が武蔵から攻め込む構えを見せたら、それを防ぐ役目を負わせる。

向かい城には氏綱と円覚を残し、玉縄城には氏綱の弟・氏時と葛山盛繁、伊奈十兵衛を残す。

宗瑞は病が悪化している紀之介を連れて、一旦、小田原に帰る。

「そ、それは……」

氏綱と円覚が顔を見合わせる。

新井城を攻める作戦としては申し分ないことは理解できる。

だが、普通に考えれば、実現不可能な作戦でもある。

何が問題なのかと言えば、向かい城に二千、玉縄城に二千、合わせて四千もの兵を残すことが問題なのである。

この時代、常備軍は存在しない。

まだ兵農分離していないから、基本的に戦は農閑期に行われる。兵といっても、普段は百姓だから、農繁期には田圃(たんぼ)や畑で農作業に励まなければならない。そうしなければ食えないし、年貢を納めることもできないのである。軍役を課されて戦に出たとしても、食糧は自弁が原則である。領主が食わせてくれるわけではない。

向かい城を拵えて新井城を兵糧攻めするとすれば、二千の兵は故郷に帰ることができない。農作業ができないから食糧を自弁することもできず、年貢を納めることもできない。それらは、すべて宗瑞が負担することになる。兵を食わせ、年貢を免除しなければならないのである。

事情は玉縄城も同じである。

紀之介に一千の兵を預けて玉縄城を守らせたときは、遠からず三浦軍が押し寄せてくると予想していたから、一千の兵が食うに困らないだけの兵糧を用意した。それでも大きな負担であった。それが今度は倍の二千になる。

四千もの兵を一年も二年も食わせ続けたら、普通は領主が破産する。

伊勢氏では、主である宗瑞以下、質素倹約の精神が徹底している。そのおかげで、韮山にも小田原にもかなりの蓄えがある。その蓄えを吐き出せば、そう簡単に破産はしないだろうが、それでも兵糧攻めが長引けば、どうなるかわからない。そんな無茶なことを今まで誰もやったことがないのだ。

「向かい城と玉縄城の兵糧については、小田原に戻ってから信之介と相談して考える。汝らは、早速、向かい城を造るのだ」

「承知しました」

宗瑞の覚悟のほどが伝わったので、氏綱と円覚は異論を差し挟むことなく指図に従うことにした。

翌日、宗瑞は二千五百の兵を率いて玉縄城に戻ることにした。

伊勢軍の兵力が少なくなったことを侮り、三浦氏に力添えしようとする豪族が現れるかもしれないことを危惧し、兵を退く前に、

「三浦に手を貸した者は、その親類縁者に至るまで死罪とする」

と布告した。

宗瑞が深根城で数百人の老若男女の首を刎ねたことは広く知られていたから、この布告を甘くとらえる者はいなかった。

松田信之介には事情を説明する手紙を書き、その手紙を早馬で小田原に送った。宗瑞が帰るまでに、どうすれば四千の兵を長期間食わせていくことができるか思案しておけ、という内容である。

同時に、すぐさま玉縄城と向かい城に兵糧を送る準備をせよ、とも命じた。宗瑞が小田原から連れてきた兵たちが持参しているのは数日分の食い物だから、すぐに玉縄城の米櫃は空になるであろう。玉縄城と向かい城の兵たちが、とりあえず、ひと月は食えるだけの兵糧を送らせる必要がある。

夕方、宗瑞は玉縄城に入った。

紀之介、盛繁、十兵衛、氏時らに新井城を兵糧攻めにするという方針を伝えた。

「この城は、汝らに守ってもらうぞ。武蔵から両上杉の軍勢が攻め込むようなことがあれば、わしが小田原から兵を率いて駆けつけるまで、汝ら三人が力を合わせて城を守るのだ。この城が落ちれば、向かい城にいる者たちも助からぬ」

「は」

氏時が二十六歳、盛繁が二十一歳、十兵衛が十八歳である。若い三人は自分たちに課せられた使命の重さを思い、頰を上気させている。十兵衛など激しく武者震いしている。

「なぜ、わたしに残れと命じてくれないのですか？」

紀之介が恨めしそうに宗瑞を見る。

だが、そんな力が紀之介に残っていないことは誰の目にも明らかだった。話し合いの場にいるだけでも辛そうなのだ。

「今までよくやってくれた。これからは、わしのそばで相談に乗ってほしい。無理せず、養生しながらな」

宗瑞がいたわりの言葉をかける。

次の日、まだ暗いうちに宗瑞は一千の兵を率いて玉縄城を出発した。出発が遅れれば、それだけ兵たちに飯を食わせる回数が増える。すでに宗瑞の心の中では、長い兵糧攻めを乗り越えるための新たな倹約生活が始まっていたのだ。

紀之介は輿に乗せた。本人は嫌がったが、馬に乗れるような状態ではなかった。輿の傍らを宗瑞が馬で進み、新井城の兵糧攻めや、両上杉が武蔵から出てきた場合の対処法などを、二人で話し合った。

小田原に戻ると、すぐさま信之介に会った。

「どうだ、何か妙案はないか?」

「兵たちを遊ばせず、働かせるしかないと存じます……」

向かい城の周辺の土地を開墾して野菜や穀物を栽培させようというのである。そうすれば、最初の一年は小田原や韮山から兵糧を送らなければならないが、二年目からは自弁が可能になる。玉縄城でも同じやり方をさせる。

「うむ、それはよい」

宗瑞がうなずく。

籠城する敵を攻め、その包囲が長引いたとき、指揮する者が何よりも注意しなければならないのは、兵たちが包囲に退屈し、規律が乱れ、緊張感がなくなることである。怠惰な兵は、いざというとき役に立たないのだ。日々、農作業に励ませれば、兵たちの鍛錬にもなるから一石二鳥である。

「一年は食わせなければなりませぬが……」

「できるか？」

「はい。倉を空にすることになるでしょうが、何とか一年は持ちましょう」

「それでよい」

宗瑞がうなずく。

十六

永正十年（一五一三）の初夏から、伊勢軍による新井城の包囲戦が始まった。

三浦軍は貝のように城に閉じ籠もっている。

伊勢軍が退却しないため、動くに動けない状況に追い込まれていたが、城内に悲観的な空気はまったくない。兵糧はたっぷり蓄えてあるし、そのうち武蔵から両上杉が助けにきてくれるだろうと期待している。

道寸も余裕綽々だ。

「宗瑞め、いつまで包囲を続けられるか」

兵農分離していない時代においては、農作業が忙しくなれば領国に兵を退くというのが常識である。その常識に従えば、伊勢軍はとっくに退却しているべきなのに、一向にその気配はなく、それどころか向かい城まで拵えて腰を据える構えを見せている。

「城を造るくらいですから、少なくとも年内は動かぬつもりなのでしょうね」

荒次郎が言う。

桜山の戦いで、十兵衛の待ち伏せ攻撃を受け、肩、胸、脇腹、太股（ふともも）などに矢傷を負った。胸と太股の傷が重く、しばらくは起き上がることもできなかった。

その傷がようやく癒（い）えてきたが、まだ戦に出られるほどではない。もし荒次郎が万全の状態であれば、みすみす目の前で向かい城を造らせたりせず、兵を率いて出撃していたであろう。

荒次郎が養生している間に向かい城の工事は着々と進み、夏の終わり頃には完成した。なかなか堅固な城で、周囲に堀を巡らし、木柵で囲んである。

伊勢軍は、新井城と陸地を繋ぐ道にも頑丈な門を拵えた。三浦軍を城から出さないためである。それを見れば、伊勢軍の狙いが武力による攻撃ではなく、兵糧攻めだということは明らかであった。

「痩せ我慢して、ここで年を越したとして、来年の春までがんばることができるかな？」

そんなことは無理に決まっている……道寸は、そう言いたげであった。

道寸や荒次郎にとって意外だったのは、向かい城が完成すると、伊勢軍が城周辺の土地を開墾して耕し始めたことである。

荒次郎は、一日に何度も物見台に登って、伊勢軍の様子を見る。二千人が朝から野良仕事に励むのだから、城の周囲には、日毎に農地が広がっていく。それを眺めていると、心臓に毛が生えているほど肝の据わっている荒次郎ですら微かな不安を抱かずにはいられなかった。

この年の暮れ、山内上杉軍が新井城救援の動きを見せた。ただ兵力は、わずか三千に過ぎない。

山内上杉氏の家督を巡る憲房と顕実の争い、古河公方家の家督を巡る争いによって生じた扇谷朝良と憲房の間の不協和音……それらの亀裂がいまだに修復できないせいで、苦境にある三浦氏を救うために大軍を編成することができなかったのである。

山内上杉軍の動きを知り、宗瑞は直ちに一千の兵を率いて韮山を発った。小田原で更に一千の兵を加えて玉縄城に向かうつもりだった。

しかし、その必要はなかった。

盛繁、十兵衛の兄弟が武蔵から相模に進撃してくる山内上杉軍を奇襲し、これを敗走させたのである。氏時が一千の兵と共に玉縄城に残り、盛繁と十兵衛がそれぞれ五百ずつの兵を率いて出陣した。

一路、玉縄城を目指して来る山内上杉軍を二人が待ち伏せ攻撃した。盛繁が山内上杉軍の鼻面を叩き、頃合いを見て逃げる。嵩に懸かって追いかけてくる山内上杉軍の脇腹に十兵衛が突撃する。大混乱に陥った山内上杉軍に最後に襲いかかったのは玉縄城から打って出た氏時だ。三段構えの攻撃に山内上杉軍は壊滅状態に陥った。

この捷報（しょうほう）を平塚の手前で知った宗瑞は、

「ほう、勝ったか。あの三人、なかなか、やりおるわい」

わざわざ玉縄城に行く必要もあるまい、と機嫌よさそうに笑い、小田原に引き返した。

この勝利の意味は大きく、中途半端な兵力では、とても伊勢軍に勝てないという意識を山内上杉軍に植え付けた。

十七

伊勢軍が新井城を包囲して一年が経った頃、すなわち、永正十一年（一五一四）の夏、いくつか動きがあった。

ひとつには、新月の夜、新井城の三浦軍が闇に紛れて城からの脱出を図ったことである。その数、ざっと二百人。

百人は城と陸地を結ぶ細い道を抜けようとしたが伊勢軍の造った門に阻まれ、城に追い返された。

別の百人は、海に面した断崖を、長い縄を伝って下りようとした。

伊勢軍は気が付かなかった。

海に面した北側、西側、南側は見張りようがないのである。常に海が荒れていて波が高く、潮の流れも速いので、迂闊に舟を出すこともできない。

たとえ断崖を伝い下りようとする三浦軍を発見したとしても、伊勢軍にできることはなかったであろう。

暗闇の中で断崖を下りるのは容易ではなく、三浦兵が次々に海に落ちた。

結局、この企ては途中で中止された。

どれほどの犠牲者が出るか予想できないほど危険だということに道寸が気付いたせいである。この夜、十人以上の三浦兵が海に落ち、助かった者は一人もいない。

この三浦軍の怪しげな動きを知った宗瑞は、

（城内の兵糧が乏しいのではあるまいか）

と疑った。

両上杉氏への使者にしては、城を脱出しようとした兵の数が多すぎるし、伊勢軍を奇襲しようとしたにしては数が少なすぎる。口減らしをしたいのではないか、と宗瑞は考えた。

その推測が正しければ、包囲を始めて丸一年が過ぎて、ようやく兵糧攻めの効果が表れてきたことになる。

苦しいのは三浦軍だけではない。新井城の包囲を続けている伊勢軍も苦しいのである。城の周囲の土地を開墾して耕作地にしているとはいえ、その土地からはまだ収穫がない。ようやく今年の秋くらいから収穫を期待できるというところである。これまでは、韮山や小田原から運んだ食糧で二千人の兵たちを食わせていた。莫大な出費だ。

一日も早く城の包囲を終わらせたいというのが宗瑞の本音である。

問題は、新井城に、どれほどの兵糧が残っているか、ということだ。千駄矢倉が空であれば、両上杉の動きが鈍いことでもあるし、宗瑞の降伏勧告に道寸が応ずる可能性がある。だが、まだ兵糧に余裕があるのならば、道寸は降伏勧告を蹴るであろう。

新井城内部の実情を知りたい、それを知ることができれば、打つ手はいくらでもある……軍議の場で、宗瑞はたびたび口にした。

それを耳にした風間五平が、

「わたしが調べてきます」

と、宗瑞に申し出た。

「無茶なことを言うな。あの城に入ることなどできぬ」

「先達て、三浦兵が城から出ようとして失敗しましたが、あれは人数が多すぎたからです。

一人か二人であれば、見張りの者に気付かれることなく外に出られたでしょう。現に道寸は武蔵の両上杉と連絡を取り合っていますことです。使者が出入りしているということです」

「うむ、確かに」

それは五平の言う通りだ、宗瑞にもわかる。

この一年の間に、道寸から憲房や朝興へ、逆に朝興から道寸への書状を携えた使者を三人捕らえている。

だが、どうやって城から出たのか、どうやって城に入るのか、それを自白させることはできなかった。三人とも激しく抵抗し、最後には自害してしまったからだ。手に入ったのは書状だけである。

「実は……」

五平が言うには、地元の猟師たちから話を聞き、城の西側の崖に獣道があることを知ったという。身軽な獣であれば、かろうじて崖を上ったり下りたりもできるが、常に強い海風が吹いていることもあり、人間がその獣道を辿るのは容易ではない、という。

が、不可能でもない、と猟師たちは口にした。

だからこそ、使者が城を出入りしているのだ。

「ほう、そのような道があるのか。しかし、この前は、なぜ、その獣道を使わなかったのだ？」

「使ったのではないでしょうか。しかし、よほど身軽な者でなければ、強い風に煽られて海に落ちてしまったでしょう。まして、月もないような暗い夜のことですから……」

「そんな危ない真似をするくらいならば、縄を使って崖を下る方がよいと考えたわけか」

「そういう気がします」

「しかしのう……」

宗瑞が難しい顔になる。

「城内の様子を探るだけでなく、できれば道寸と荒次郎の命を奪いたいのです」

「何を言うか」

「門都普さまがやり残したことを、わたしがやり遂げたいのです」

「門都普……」

宗瑞がハッとする。

二年前、門都普は自らの命と引き替えに獅子王院を殺し、道寸に重傷を負わせた。宗瑞が相模を手に入れることができたのは、そのおかげである。

だが、欲を言えば、そのとき道寸が死んでいれば、更に荒次郎も死んでいてくれたら、その瞬間に三浦氏は滅亡したも同然となったはずで、新井城を包囲する必要もなかった。

「どう考えても無茶だ。許すわけにはいかぬ」

宗瑞が首を振る。

「どうしてもでしょうか？」

「どうしてもだ」

その翌日、五平の弟・六蔵が宗瑞に目通りを願い出た。何事が起こったのか、と六蔵に会うと、

「兄が新井城に行ってしまいました」

と、うろたえている。書き置きを残していったのだという。

「殿の指図に逆らうとは、実の兄でも許せませぬ。直ちに追っ手を差し向けます故、お下知を」

「待て」

すでに丸一日経っている。馬を使ったか、舟を使ったか、いずれにしろ、すでに五平は新井城の近くにいるに違いない。追っ手など差し向けても無駄であろう。地元の猟師たちが知る獣道を伝って城に入れるかどうかは五分五分、城に入ったとしても、正体を知られることなく内情を探ることができるかどうかも五分五分、道寸や荒次郎を殺めることができるかどうか、これは五分五分どころではない。ほとんど不可能であろう。

（生きて帰るのだぞ、五平。城内の様子が少しでもわかれば、それで十分なのだ……）

宗瑞は五平の無事を願わずにいられなかった。

十八

数日後、まだ夜が明けて間もないとき、新井城で騒ぎが起こった。また三浦兵が城から出て来るのではないか、と向かい城にいた伊勢兵も慌てて跳ね起きる。氏綱と円覚も城から出て来る。

「いったい何の騒ぎだ？　こんな朝っぱらから」

「はて……」

円覚も首を捻る。

新井城から陸地に繋がる道を多くの三浦兵が走ってくる。よく見ると、誰かを追っているのだ。

「もしや、あれは……五平ではございますまいか」

「何、五平とな？」

氏綱が身を乗り出し、目を細めて見遣る。

その道には頑丈な柵がふたつある。城側にあるのが三浦軍が拵えたもので、陸地側にあるのが伊勢軍が拵えたものだ。

五平は、三浦軍の柵で立ち往生する。

時間があれば、乗り越えたり、潜り抜けたり、壊したり、いろいろやり方があるのだろうが、三浦兵が迫っているので、その余裕はない。

と、いきなり弓を出すと、伊勢軍に向かって矢を放つ。続けて二本の矢を放ったところで五平は三浦兵に捕らえられた。殴る蹴るの暴行を受けて、五平は新井城に引きずられていく。

しばらくすると氏綱のもとに五平の放った矢が届けられる。矢には手紙が結びつけられており、その手紙には重要なことが書かれていた。

千駄矢倉には、まだ山のように兵糧が積み上げられており、あと一年以上は籠城が可能であること。

先達て、三浦兵が大挙して城から脱出しようと試みたのは、籠城に苦しんでいると見せかけるための偽装であったこと。

道寸の体調は思わしくないが、荒次郎はすっかり元気を取り戻していること。

城兵の士気は高いこと。

両上杉とは頻繁に連絡を取り合っており、近々、両上杉の軍勢が相模に攻め込む予定であること。

「これは一大事であるぞ。急いで父上に知らせなければならぬ」

手紙を読んだ氏綱は顔色を変えた。

「小田原に早馬を走らせましょう」

円覚が言う。

直ちに使者が発せられ、その日のうちに手紙は宗瑞の手に届いた。その手紙がどういう風に氏綱の手に届いたのか、使者の口から宗瑞は説明を聞いた。

「何ということだ……」

五平が捕らえられたと聞いて、宗瑞は両手で顔を覆う。

確かに重要な情報である。新井城に潜入しなければ決して知ることができなかったであろう貴重な情報ばかりだ。おかげで宗瑞は道寸が何を企んでいるか見抜くことができた。

兵糧が乏しくなり、城兵が飢えで苦しめば、当然、城主は和睦を考えざるを得なくなる。今の新井城がそういう状態だと宗瑞に信じ込ませることができれば、宗瑞も和睦を検討するであろう。なぜなら、新井城の包囲は伊勢軍をも苦しめているからだ。

戦には不思議な機微がある。

敵が何を考えているかわからない、いつ攻めて来るかもしれない……そういう状況では緊張が緩むことがない。

しかし、和睦の気運が高まると、その緊張が緩むのである。

道寸は伊勢軍の緊張を弛緩させ、宗瑞を油断させようとしたのだ。

そこに武蔵から両上杉軍が攻め込んでくれば、宗瑞は慌てふためくであろう。とても玉縄城の軍勢だけでは防ぐことができないから小田原や韮山から援軍を送ることになる。

しかし、それには時間がかかるから、とりあえず、向かい城から兵を引き抜いて玉縄城に送るしかない。新井城の包囲が手薄になった隙に一気に城から打って出る……恐らく、道寸はそんな策を思い描いていたのではないか、と宗瑞は想像する。

籠城している三浦軍の数はさして多くないとはいえ、傷の癒えた荒次郎が士気の高い兵を率いて攻め込んでくれば、伊勢軍が持ちこたえられるかどうかわからない。何しろ、荒次郎が相手となると、伊勢軍は勝ったためしがないのである。

宗瑞は弓太郎に戦支度を命じた。

遠からず両上杉軍が攻めてくる。それを迎え撃たなければならない。

使者の口上によれば、五平は生きたまま捕らえられたという。

とすれば、恐らく、まだ生きているであろう。

（五平、すまぬ……）

できれば五平を助けたい、と宗瑞は思う。

しかし、助ける術がない。

新井城を落とさない限り、五平を助け出すことはできないが、そう簡単に城が落ちるとは考えられない。宗瑞にできるのは心の中で五平に感謝し、詫びることだけだった。

それから十日ほどして、山内上杉軍と扇谷上杉軍の連合軍が相模に攻め込んできた。山内上杉軍二千、扇谷上杉軍三千、合わせて五千である。扇谷朝良が指揮を執っている。

連合軍は鎌倉を目指して進撃する。

すでに玉縄城には宗瑞が待機していた。元から玉縄城にいた二千と、宗瑞が小田原から連れてきた三千、合わせて五千である。

宗瑞は城の守りに一千五百人を残し、三千五百を率いて出撃した。

鎌倉の北、戸塚(とつか)で両軍は衝突した。

これを戸塚の戦いという。

一進一退の攻防の末、かろうじて宗瑞が勝利を手にした。十兵衛に五百の兵を預け、戦場を大きく迂回して敵の背後を衝かせたことが勝因だ。

両上杉といっても決して一枚岩ではない。

兵の強さも違う。山内上杉軍に比べると、扇谷上杉軍は弱い。

宗瑞は扇谷上杉軍を攻めるように十兵衛に命じた。

それがうまくいった。

扇谷上杉軍の中でも最も弱い朝興の軍勢が真っ先に浮き足立ち、味方を置き去りにして逃げ始めた。

臆病風というのは伝染するものだ。自分たちが置き去りにされるのではないかという恐怖心が闘争心を削ぐのである。

扇谷上杉軍が崩れると、伊勢軍を押し気味だった山内上杉軍も引きずられるように退却を始め、全軍が一気に崩壊した。

宗瑞は敵を深追いせず、暗くなる前に玉縄城に戻った。

誰もが、

「さすが御屋形さまよ」

「何と戦上手であられることか」

と、宗瑞を誉めそやしたが、宗瑞は少しも嬉しそうな顔をしなかった。

この日の勝利は自分の力ではないとわかっている。

五平のおかげである。五平が両上杉軍の侵攻が近いと知らせてくれたから、念入りに戦支度をし、敵襲を待ち構えることができたのだ。

それからしばらくして宗瑞の気持ちを暗くする知らせが氏綱から届いた。

五平が死んだという。

戸塚の戦いの翌日、伊勢軍に見せつけるかのように城の外で五平を磔にして処刑したというのだ。

その日、宗瑞は持仏堂に籠もり、誰にも会わなかった。

十九

永正十二年（一五一五）は、宗瑞にとって割と平穏な年であった。

新井城の包囲は続いているが、包囲する伊勢軍が城を攻めることもなく、籠城する三浦軍が出撃するということもない。静かな睨み合いが続いている。

本来であれば、総力を挙げて新井城の救援に来なければならないはずの両上杉氏の動きも鈍い。

最大の原因は、山内上杉氏の内紛が完全には収まっていないせいだ。家督を巡る憲房と顕実の争いは憲房が勝利し、山内上杉氏の主となったものの、顕実は依然として関東管領の座に留まっている。顕実の後ろ盾となる強力な勢力も存在し、憲房が強引に関東管領職を奪おうとすれば、山内上杉氏の分裂は必至であった。憲房は自重した。

そのおかげで、内紛は表面的には収まったものの、憲房の立場は盤石(ばんじゃく)とは言い難い。

顕定が生きていた頃は、ひとたび号令を発すれば、たちまち万を超える軍勢が集まり、怒濤(どとう)の勢いで敵地に攻め込むことができたが、今の憲房にそんな力はない。せいぜい、三千から五千くらいの動員力しかない。それ以上の兵を他国に送れば、手薄になった隙を顕実に狙われることを警戒しなければならない。

山内上杉氏の動きが鈍いことに業を煮やし、扇谷上杉氏はたびたび単独で相模に出撃したが、その兵力は、せいぜい三千ほどに過ぎず、玉縄城の伊勢軍にたやすく撃退されてしまい、新井城に近付くことすらできない有様だった。

両上杉軍の脅威が減じたせいで、宗瑞が出陣することもなくなった。韮山や小田原では戦とは無縁の静かな時間が流れている。

氏綱は、軍配者である円覚と共に新井城の向かい城を預かっているが、しばしば韮山に帰って、宗瑞と打ち合わせをした。

新井城を巡る戦いは膠着状態に陥っているから、それほど頻繁に打ち合わせる必要はない。にもかかわらず、足繁く小田原と韮山に戻るのは子供が生まれたせいだ。しかも、待望の男児である。二十九歳にして、ようやく世継ぎを得たのだ。この男児が後の北条氏康である。伊豆千代丸と呼ばれている。

春先に帰ってきたとき、氏綱は気になることを宗瑞に知らせた。

「円覚のことなのですが……」

「何かあったのか？」

「わたしには隠していますが、どうやら胸を病んでいるようです」

「胸を？」

「血を吐くこともあるようなのです」

「では、かなり病が進んでいるということだな」

「胸の病をよくするには、湯治にでも行かせてゆっくり休ませるのが一番だとわかっていますが、今、円覚がいなくなると、正直、困ってしまいます」

「うむ。そうよなあ」

氏綱が向かい城を安心して離れることができるのは、円覚がいれば心配ない、と信頼しきっているからである。

これまで氏綱は戦で大きな失敗をしたことがなく、たとえ負け戦でも被害を最小限にとどめて致命傷を被ったことがない。

「さすが戦名人の早雲庵さまの後継ぎよ」

と、氏綱を賞賛する者も多いが、実際には円覚の手腕に負うところが大きい。

円覚は常に氏綱のそばに控え、決して出しゃばることなく、氏綱に問われると控え目に自分の意見を述べる。氏綱が円覚の意見を退けることは滅多になく、戦に関しては、円覚の指図通りにしていると言っていい。

もちろん、氏綱の度量が大きいからこそ、円覚の意見に素直に耳を傾けるのだが、円覚の意見が間違っていることがほとんどないのも事実だった。

「いつまでも円覚だけに頼っていては駄目だということだな。あまり病が重くならぬうちに休ませてやろう。新しい軍配者を雇い入れることも考えねばならぬのう」

「この頃、人の死というものをより身近に感じるようになりました。もちろん、合戦に明け暮れるような日々を送ってきましたから、人の死が身近にあるのは当たり前なのですが……」

「おまえは何歳になったかな？」

「二十九でございます」

「そうか。わしは六十だ。わしがおまえくらいの年齢のときには、まだ都にいて、御所で将軍家に仕えていた。それから三十年も経っている。年を取るのも当たり前だな。もっとも、それほどの歳月を生きてきたという実感はないが」

「人生を振り返る暇もないほど忙しかったからではございませんか？」

「そうかもしれぬな」

　宗瑞がうなずく。

「普通ならば、とうに隠居して、孫の世話でもしながら静かに死を待つような暮らしをしているのだろうな」

「父上に死なれては困りまする」

「まだ、やり残したことがある。それを成し遂げてから死にたいと思うが、欲が深すぎるかもしれぬ」

「三浦を滅ぼして相模一国を支配地にする、ということでございますな？」

「別に領地がほしいわけではないが、な」

「承知しております。父上が支配するようになれば、その土地に住む者たちが今よりも楽に暮らすことができるようになる。だからこそ、支配地を広げたいのでございましょう」

「その通りだ。よくわかっておるな」

宗瑞がにこっと笑う。

「幼き頃より、数えきれぬほど父上から教えられたことでございますから。領主は自分のために生きてはならぬ、民のために生きるのだ、と」

「その言葉を聞いて安心した。いつ代替わりしても心配はなさそうだ」

「とんでもない。伊豆千代丸が成長する姿を見守り、領主としての心構えを父上から教え諭していただきたいと思っております。当家の三代目になる者なのですから」

「民のことを第一に考える領主になってもらいたいものよ。できることなら、伊豆千代丸から四代目、五代目と続いてほしいのう。まあ、さすがにそこまで自分の目で見届けることはできまいが……。しかし、それでよいのだ。人は必ず死ぬと決まっている。いつ死が訪れるか、それは誰にもわからぬ。それがいつであろうと心静かに死を迎えることができるようにしなければならぬ」

「誰もが、そのように死んでいくわけではないでしょう。この世に未練を残し、見苦しく死んでいく者がほとんどではないでしょうか」

「簡単なことではない。だからこそ、仏道修行に励まなければならぬのだ」

「宗順さまの最期は見事だったと聞きました」

「実に見事であった。わしもあのように死ぬことができれば、と願わずにいられぬ」

宗瑞がふーっと大きく息を吐く。

先月、香山寺の住職・宗順が亡くなった。五十七歳である。

死期を悟った宗順は、死のひと月ほど前から徐々に食を細くし、死の七日ほど前からは水以外のものを口にしなくなった。当然ながら痩せ衰え、手足は枯れ木のように細くなったが、むしろ、死が近付くにつれて気力が充実してきたかの如く、目覚めているときは常に読経に耽った。

その日、眠るように静かに目を閉じると、しばらく口の中で小さく経文を唱えていたが、不意に声が途絶え、息も止まった。それが宗順の死であった。心と体から世俗の垢と脂を削ぎ落とし、草花が枯れ落ちるように逝ったのである。

宗瑞は、その場に立ち会うことはできなかったが、後から宗順の死に様を聞き、

「何と、すごい御方なのだ。わしもそのように死にたいものだ」

と深い溜息をついた。

宗順の指名により、以天宗清が香山寺の住職になった。四十四歳である。

「叔父上の具合は、どうですか？」

「よくない」

宗瑞が険しい表情で首を振る。

紀之介は、もう出仕もしていない。韮山にある自分の屋敷で寝たきりである。

時折、宗瑞は見舞いに出向くが、会うたびに痩せていくように見える。顔色も悪く、蠟

のように白い。血を吐いてばかりいるせいだ。

「もう持ちませぬか？」

「持たぬな。恐らく……」

恐らく、年を越すことはできまい、と宗瑞が沈んだ声で言う。

「まだ、それほどの年齢ではないのに……。確か、五十前ではありませんか？」

「田鶴(たづる)よりふたつ年下だから四十五かな」

「どうにもならぬのでしょうか」

「どうにもならぬのだ」

宗瑞は首を振り、誰にでも寿命というものがあり、死の訪れを防ぐことはできぬのだ、とつぶやく。あたかも自分自身に言い聞かせているかのようであった。

氏綱が向かい城に戻って数日後、その紀之介からどうしてもお目にかかりたい、という手紙が届いた。宗瑞の都合のよいときに登城すると書いてあったので、無理する必要はない、明日にでもわしの方から訪ねる、と返事を書いた。

次の朝、宗瑞は小者一人を連れて城を出た。

驚いたことに紀之介は床を払い、きちんと身繕(みづくろ)いを調えて待っていた。いつ訪ねるか、前もって知らせていたわけではないから、宗瑞がいつやって来ても慌てることのないように朝早くから、その姿で待っていたのに違いなかった。

宗瑞が驚いたのは、そのことだけではない。紀之介の様子である。十日ほど見舞いに来なかったが、その十日の間に紀之介の容態は更に悪化したように見える。もはや顔色が悪いという程度の話ではない。顔にははっきり死相が浮かんでいる。体からは死者の匂いが漂っているような気がした。

「無理せずともよい。寝ておれ。とにかく横になれ。わしの方が落ち着かぬ」

「横になって目を瞑ると、もう二度と目を開けることができぬのではないか、という気がするのです」

「何を馬鹿なことを」

「お願いがひとつございます。それを聞いていただけたら、すぐに横になりましょう」

「何なりと申すがよい」

「十兵衛のことでございます」

「ふむ、十兵衛がどうかしたのか？」

「十兵衛を殿のそばで召し使っていただきたいのです」

「わしのそばで？」

宗瑞が首を捻る。

「もう二十歳くらいではなかったか」

「さようでございます。二十歳になりまする」

「ならば、わしのそばに置く必要はなかろう。伊奈家の主として、伊奈衆を率いておればよい。今も玉縄城でよく働いてくれているではないか」

「今のままでは、恐らく、十兵衛は長生きできぬと存じます」

「何を言う」

宗瑞がぎょっとしたように紀之介を見る。

「殿もご承知ではありませぬか。十兵衛の戦のやり方、あれは自分の命を投げ出すやり方でございます。うまくいけば鮮やかな勝ちを得ますが、しくじれば命を失いまする。そんな危ない真似ばかりしていれば、そのうち命を落とすことになりましょう」

「うむ……」

そう言われてみると、思い当たることがないではない。

十兵衛と兄の盛繁を比べてみると、盛繁は生真面目すぎるほどに正攻法の戦を好むが、一方の十兵衛は奇策を好む。敵の裏をかき、少数の兵で数倍の敵を破るような戦い方をする。そういう戦い方をするしかない状況に置かれていたという場合がほとんどではあるが、味方が優勢で、真正面から力攻めすれば勝利を手にすることができるようなときにも、十兵衛は敢えて奇策を選ぶところがある。紀之介の言うように、そんなやり方ばかりしていれば、いつかはしくじって死ぬことになる。

「戦で肝心なのは敵に勝つことではなく、敵に負けぬこと……。若殿は、その教えをしっかり守っておられます。それ故、伊勢家の行く末は安泰でございましょう。太郎も心配ありますまい」

太郎とは盛繁のことである。

「十兵衛だけが心配か」

「親の贔屓目かもしれませぬが、十兵衛には将器が備わっているように思われます。将たる者は、猪武者とは違うのだから命を惜しまねばならぬ、なぜなら、命さえあれば、一度や二度負けたとしても、三度目には勝つことができるからだ……それを学べば、先々、きっと若殿のお役にも立てましょう。しかし、誰に似たのか無類の頑固者にて、己の才を誇って、親の言うことにも、ろくに耳を貸しませぬ」

「ふふふっ……」

「なぜ、笑うのですか?」

「汝に似たのであろうよ。汝も無類の戦上手だが、誰かから学んだわけでもあるまい。兵書を読み、実戦で工夫を重ねて、自分一人で戦のやり方を身に付けたのではないか」

「ああ、確かに」

紀之介も笑う。

「殿に出会うまではそうでした。自分のやり方が最も優れているから誰にも学ぶ必要などない、と思い上がっておりました。しかし、おそばに仕え、殿のやり方を目の当たりにして、自分がいかに愚かであったか悟りました。わたしが今まで生きてこられたのは、殿から多くのことを学んだからでございます。十兵衛も殿の薫陶を受ければ、きっと考えを改めると思いますし、先々、当家のお役に立てる男になろうかと存じます」

「しかし、わしの言うことを聞くのか？　親の言うことにも耳を貸さぬというのに」

「それは心配ありませぬ。この世で十兵衛が誰かの言葉に素直に従うとすれば、それは殿の言葉だけでございます。殿を神の如くに敬っておりますので」

「大袈裟なことを言うな」

　宗瑞が苦笑する。

「まことでございます。わたしがそのように躾けたのですから。それ故、わたしの二人の息子たちは殿のためならば、いつでも命を投げ出すでしょう。しかし、無駄に投げ出しては何の役にも立ちませぬ。ですから、どうか十兵衛を……」

　ごほっ、ごほっ、と紀之介が咳き込む。体を折り曲げて、両手で口を押さえる。

「わかった。だから、もう横になるがよい」

　宗瑞が腰を上げ、紀之介の背中をさすってやる。

（あ……）

　思わず宗瑞が両目を大きく見開く。

　紀之介の両手にべっとりと血がこびりついているのを見たからだ。死の訪れが近付いているという証（あかし）のようだった。

半月後、紀之介は危篤状態に陥った。

生きているうちに会わせてやろうという宗瑞の計らいで玉縄城から盛繁と十兵衛が呼ばれた。そのおかげで父子三人、最後の夜を水入らずで過ごすことができた。

夜が明ける前に紀之介は息を引き取った。

葬儀の後、宗瑞は十兵衛を呼んだ。

小姓も下がらせ、二人だけで会った。

十兵衛の目は真っ赤だ。紀之介が亡くなってから、人目も憚（はばか）らずに泣き続けているせいである。

「悲しいのは、わしも同じだ。しかし、場をわきまえよ。子供ではないのだぞ」

いつまでも十兵衛がめそめそしているので、盛繁が腹を立てて叱ったほどである。

「少しは落ち着いたか？」

「は」

十兵衛が袖で目許を拭いながらうなずく。

「紀之介は、若い頃から、よくわしに仕えてくれた。まだまだ力を貸してもらいたかったのに、わしも残念でならぬ」

「父は、死んでいく自分に代わって、命懸けで御屋形さまにお仕えせよ、と兄とわたしに言い残しました」

「わしも紀之介から頼まれたことがある」

「父からでございますか？」

「自分の代わりに、これからは十兵衛をそば近くで召し使ってほしい、というのだ」

「わたしを……」

「何も聞いておらぬか？」

「何があろうと御屋形さまをお守りせよ、決してそばを離れてはならぬ、御屋形さまの言葉を神の言葉だと思って胸に刻め、と……。しかし、その場には兄もおりましたので、わたしたち兄弟への遺言なのかと思っていました」

「まだ三浦との戦いが続いておる。いつ決着がつくのか、わしにもわからぬ。決着がつくまで玉縄城を守り抜くことが肝心なので、汝ら兄弟に力を振るってもらわねばならぬ」

「承知しております」

「どうだ、三浦との戦いが終わったら、わしのそば近くで、わしを支えてくれぬか？」

「わたしなど何のお役に立てるのか……」

「信頼できる者にそばにいてほしいのだ。わしも六十になる。若い頃のように体も動かぬし、物忘れもするようになってきた。誰かにそばにいてもらわねば困るのだ。承知してくれぬか？」

「は、はあ、わたしでよければ……」

「頼むぞ。これからは、汝を頼りにするからな」

宗瑞が身を乗り出し、十兵衛の肩に手を置く。

「こちらこそ、よろしくお願いいたします」

十兵衛が頬を紅潮させて大きくうなずく。

二十

この年の秋、山内上杉氏で大きな動きがあった。

顕実が病で亡くなったのである。

三年前、顕実と憲房の間に家督を巡る争いが起こり、顕実は敗れた。

しかし、関東管領の座には留まり続けた。

憲房が黙認したのは、山内上杉氏内部の分裂を抑え、内紛を鎮めようと考えたからだ。

いつまでも顕実と争いを続けると、修復不能なほど亀裂が深まって、山内上杉氏が空中分解する恐れがあったからである。

生来、病弱であるにもかかわらず、家督を奪われてからは生活が乱れ、酒と女に溺（おぼ）れる荒（すさ）んだ暮らしをしていることを知っていたので、

（まあ、長くは持つまい。辛抱強く待てばよい）

と、憲房は時間を味方にしようとした。

憲房は四十九歳で、この時代では老人の部類である。普通に考えれば、顕実が死ぬのを悠長に待つような余裕はない。時間を味方にするとすれば若い顕実の方であろう。

確かに憲房は高齢だが、だからこそ健康には人一倍気を遣っている。酒と女に溺れて健康を害している顕実とは違うと自負し、自分の方が長く生きるだろうという見通しがあったから待つことにしたのだ。

それがうまくいき、顕実は三年で死んだ。

憲房は晴れて関東管領職を手に入れた。

が……。

すべてが憲房の思惑通りというわけにはいかなかった。

顕実がまだ二十四歳という若さだったため、

「毒を盛ったのではないか」

という疑いの目が憲房に向けられたのである。

（馬鹿な）

毒殺の噂を耳にして、憲房は呆然とした。

今になって顕実を殺すくらいなら、三年前に攻め殺している。

毒殺を疑われるとは心外もいいところであった。

所詮、根も葉もない噂に過ぎないから気にすることはない、そのうちに立ち消えるであろう……そう自分に言い聞かせる。

しかし、実際には、そう簡単ではなかった。顕実を支持していた豪族たちは憲房による毒殺を疑い、顕実が死んだ後も憲房に素直に従おうとしなかった。家督を巡る争いで生じた亀裂は、憲房が関東管領になったことで更に深く大きくなった。皮肉と言うしかない。

この動きを遠くから、熱心に見守っている者がいる。宗瑞である。

門都普と五平が亡くなってから、六蔵が風間党を率いて、宗瑞のために情報収集活動を行っている。山内上杉氏の内紛に関しては、少しでも動きがあれば、すぐに六蔵が宗瑞に報告している。

（ふふふっ、五郎め、騒ぎを鎮めるのに苦労しておるな……）

宗瑞は、ほくそ笑む。敵の家が乱れるのは、宗瑞にとって悪いことではない。憲房が家中をまとめるには一年くらいはかかるのではないか、と考えた。

とすれば、

（三浦の息の根を止めるときが来たのかもしれぬ）

と思考が飛躍する。

道寸が新井城に立て籠もって、すでに丸二年以上が経過している。いかに千駄矢倉に食糧を豊富に蓄えていたとはいえ、八百人もの三浦兵が毎日飯を食えば、そろそろ食糧も乏しくなってくる頃であろう。

（来年の夏頃か……）

三浦氏が苦しんでいるのは両上杉氏も承知しているはずだ。

これまでに何度か新井城を救援するために軍勢を送ってきたが、ことごとく伊勢軍に返り討ちにされている。

その理由は単純で、山内上杉氏が内紛で揺れていたため、大軍を編成することができなかったのである。中途半端な兵力で相模に攻め込んでくるので、伊勢軍は容易に撃退することができた。

普通に考えれば、関東管領職に就いたことで、名実共に山内上杉氏を率いることになった憲房がいよいよ大軍を擁して新井城救援に駆けつけそうなものだが、顕実を毒殺したという噂が立ったせいで、かえって他国に兵を出す余裕がなくなった。無理をすれば足をすくわれかねないからだ。憲房が盤石の状態で乗り出してくるのは早くても一年くらい先であろう、というのが宗瑞の読みだ。

しかし、一年も新井城を放置することはできないであろうから、三浦氏と関係の深い扇谷上杉氏が単独で兵を出すことも考えられる。

扇谷上杉氏には、さして大きな兵力があるわけでもなく、戦上手の名将がいるわけでもない。宗瑞としては与しやすい相手である。実際、これまで扇谷上杉氏だけを相手にした合戦では負けたことがない。

（三浦の窮乏を知った扇谷上杉が武蔵から攻め込んでくるな。それを打ち破ってしまえば、もはや三浦を助けに来る者はいない。じっくり新井城を攻めることができる……）

頭の中で計画を練り上げると、早速、宗瑞は新井城攻めの準備を始めた。宗瑞の想像通りであれば、兵を率いて新井城に向かうのは来年の夏頃になるであろう。

二十一

「扇谷上杉軍が武蔵から相模に攻め込んだ」

という知らせが玉縄城の氏時から韮山城の宗瑞に届いたのは永正十三年（一五一六）七月初めである。

「来たか。敵の数は？」

「ざっと三千」

「ふんっ、たった三千か」

宗瑞は、この日を待っていた。新井城救援にやって来る両上杉軍を撃破し、その勢いを駆って一気に新井城を攻め落とす……去年からその準備を続けてきた。

それ故、敵襲を知っても少しも驚きはない。

むしろ、わずか三千でよく攻め込んできたものだ、と感心する余裕がある。山内上杉軍と扇谷上杉軍、すなわち両上杉軍合わせて五千くらいで攻めて来るだろうと想像していたのだ。それが三千というのでは肩透かしもいいところだ。恐らく、憲房が出兵を渋ったため、扇谷上杉軍が単独で動くしかなかったのであろう。

知らせを聞いた翌朝、宗瑞は伊豆の兵二千を率いて韮山城を出る。夕方には小田原に着いた。一泊し、次の朝、西相模の兵二千も合わせ、都合四千の兵を率いて東に向かう。

新井城の向かい城には氏綱の兵二千がいる。

玉縄城にも二千の兵がいる。

そこに宗瑞が四千の兵を連れて行くから、伊勢軍の総兵力は八千である。その兵力で扇谷上杉軍を破り、新井城を落とすのだ。

(道寸の首を取るまで小田原には帰らぬ)

そう覚悟を決めている。

万が一、籠城が来年まで続くことになれば、今度こそ憲房が大軍を率いて救援にやって来る。山内上杉軍の軍事力は扇谷上杉軍とは比較にならないほど大きく、内紛を鎮めて憲房が豪族どもを掌握すれば、いつでも一万くらいの兵を動かすことが可能になる。そうなれば新井城を落とすどころか、鎌倉を守ることも不可能になり、逆に玉縄城を攻め落とされる心配をしなければならなくなる。玉縄城が落ちれば、宗瑞は東相模を失い、小田原まで後退しなければならなくなってしまう。ここ数年の努力が水泡に帰すことになるのだ。

そんな事態を防ぐためにも、是が非でも新井城を落とす、と宗瑞は覚悟を決めて出陣してきたのだ。

玉縄城に入ると、直ちに軍議を開く。

氏時が二十九歳、盛繁が二十四歳、十兵衛が二十一歳、宗瑞が韮山から連れてきた三男の氏広（うじひろ）が二十七歳、皆、若い。

板敷きの中央に大きな絵図面が広げられる。

「敵は、どこにおる？」

宗瑞が訊くと、

「このあたりでございます」

氏時が鎌倉の東側を指差す。

「この城には手を付けず、真っ直ぐ新井城に向かおうという腹か。移動しているのか？」

「それほど急いでいるわけではなさそうです」

「煮え切らぬことをする。すぐにでも新井城に行きたいが、万が一、われらに追われたら困ったことになる……そう考えて、後ろを警戒しながら、のろのろ進んでいるのであろう。愚かなことよ。どっちつかずのやり方をすれば、どちらもうまくいかぬのだ。まあ、こっちとしては、ありがたいが」

「どう攻めまするか？」

「向こうは追われるのを心配している。ならば、追ってやろう。明日の夜明け前、わしは二千を連れて城を出る。敵の尻に火をつけてやる。恐らく、このあたりになるかな……」

宗瑞が金沢と新井城の中間付近を指し示す。

氏広を見て、

「汝に二千を預ける。先回りして、敵軍の前に潜んでおれ。合戦が始まって半刻（一時間）ほど経ったら、敵の背中から攻めよ」

「は」

「汝も一緒に行ってくれ」

宗瑞が盛繁に声をかける。

それを聞いて、

「わたしは留守番でございますか？」

十兵衛が顔を顰める。

「口を慎め」

盛繁が叱る。

「明日の昼頃、五百の兵を率いて城を出よ。敵は海岸沿いに江戸に向けて逃げて行くであろうから、それを討ち取るのだ。今回は思い切り敵を叩く。しばらく相模に攻め込もうなどという気持ちにならぬように痛めつけるのだ」

「承知しました」

十兵衛が嬉しそうに大きくうなずく。

「では、留守番は、わしだけか」

氏時が溜息をつく。

「若殿、この城を守るのは大切なお役目でございますぞ」

十兵衛が慰めるように言うと、

「調子のいい奴だ」

氏時が笑う。つられて、他の者たちも笑う。

明日に戦を控えた緊張感など、まるで感じさせない雰囲気である。誰もが宗瑞を信じ、宗瑞の策に従えば間違いなく勝てると信じているせいであった。

深夜、伊勢軍は二手に分かれて玉縄城を出た。

宗瑞の二千は扇谷上杉軍を追撃する。

氏広の二千は扇谷上杉軍の鼻先に出ることを目指して迂回して進む。

城を出る前に、何人もの斥候を先行させておいたので、敵軍がどこに布陣しているか、宗瑞にはわかっている。

夜が明けて間もなく、宗瑞は扇谷上杉軍の陣地を目視できるところに達した。敵兵は朝飯の支度をしている。炊事の煙が幾筋も立ち上っている。
兵たちを広く散開させ、矢を射る準備をさせる。
「射よ」
宗瑞が片手を大きく振ると、一斉に矢が放たれる。
数百の矢が一瞬、空を曇らせる。
敵兵が空を見上げて驚愕する。
うわーっと叫ぶや、ばたばたと敵兵が倒れる。
二の矢、三の矢が射られる頃には敵陣は大混乱に陥っている。
宗瑞が突撃を命ずる。
但し、全軍を突入させるわけではない。
四百人だけである。
その四百人にも、
「深追いしてはならぬ。敵に一撃を加えたら、すぐに戻って来い」
と命じた。
なぜ、そんな命令をしたのか？
弱兵揃いとはいえ、扇谷上杉軍は三千である。
対する宗瑞は二千。

不意打ちを食らわせれば、それでも勝てるだろうという見通しを持っているが、ある程度の損害を覚悟しなければならない。

宗瑞は兵を惜しんだ。

なぜなら、扇谷上杉軍を打ち破るために韮山からやって来たわけではない。本当の戦いは、扇谷上杉軍を蹴散らした後に待っている。新井城に立て籠もる三浦軍との戦いである。その戦いに備えて、兵の損失を少しでも減らしたいと考えたのだ。

それ故、波状攻撃を加えて敵を疲労させ、時間稼ぎもして氏広の別働隊の到着を待つことにした。

すでに扇谷上杉軍は宗瑞の奇襲に驚き、浮き足立っている。ここに背後から氏広の軍勢が現れれば、ひとたまりもないであろう。

宗瑞が攻撃を始めてから一刻（二時間）ほど経った頃、扇谷上杉軍の後方で喊声が上がる。予定より遅れて、氏広の二千が到着したのだ。

「今だ、敵に向かって進め！　行け、行け！」

宗瑞が大声で全軍に突撃を命じる。

正面から宗瑞の二千、後方から氏広の二千が扇谷上杉軍を挟み撃ちにするのだ。すでに疲労困憊（こんぱい）していた扇谷上杉軍は雪崩（なだれ）を打って敗走を始める。

宗瑞は敵を完全に包囲してはいない。逃げ道を残してある。これが戦の呼吸というもので、もし完全包囲して逃げ道をなくせば、窮鼠猫を噛むの喩え通り、敵は死に物狂いで逆襲してくる。そうしなければ生きる望みがないからだ。

しかし、逃げ道があるとわかると、もはや戦おうとはしない。少しでも早く逃げようとして逃げ道に殺到する。それが人間の心理というものである。

扇谷上杉軍は、大将の朝興が真っ先に逃げた。

海岸沿いの道を江戸に向かっていく。そうするように宗瑞が仕向けたのだ。彼らが逃げていく先には、十兵衛の率いる五百の兵が手ぐすねを引いて待ち構えている。

昼前には戦いが終わった。

氏広と盛繁がやって来る。

「父上、敵を追わなくてよいのですか？」

「よいのだ。あとは十兵衛に任せる。大将の首でも取れれば大手柄だな」

ふふふっ、と宗瑞が笑う。余裕がある。思惑通り、味方の損害は軽微である。伊勢軍はほとんど無傷で扇谷上杉軍を破ることに成功した。万全の状態で新井城に向かうことができる。

「兵を休ませよ。明日の朝、出発する」

「すぐにでも出発できますが」

氏広は、まだ戦いの興奮が鎮まっていないのか、頬を紅潮させ、不満気味に口を尖らせる。

「そう慌てるな。兵に無理をさせる必要はない。戦というのは、たとえ勝ち戦でも疲れるものだ。十分に休ませなければ、次の戦いに連れて行くことはできぬ。今度こそ、道寸との長い戦いに決着をつける。そのときが来たのだ」

己に言い聞かせるように、宗瑞が言う。

二十二

新井城と陸地は一本の細い道で繋がっているだけで、しかも、三浦軍と伊勢軍の双方が頑丈な柵を設けているため人の出入りは不可能に見える。

しかし、実際には海に面した断崖を下って、道寸の使者が出入りしている。断崖を下るのは命懸けだから、これまでに何人もの使者が命を落としている。

伊勢軍は、それに気付いていたが、敢えて使者の出入りを止めようとはしなかった。宗瑞の指示である。籠城も三年になり、新井城に立て籠もる三浦軍は困窮している。籠城の苦しさを道寸が両上杉氏に訴えれば、両上杉氏も見て見ぬ振りはできず、新井城を救援するために兵を出さざるを得ない。

宗瑞は、それを待っていた。

武蔵からやって来る援軍を叩き、その勢いを駆って新井城を攻め落としてやろうという作戦なのだ。

その順番が逆ではまずい。新井城を攻めているところに両上杉の援軍がやって来れば、城攻めを中断して援軍と戦わなければならなくなる。

当然、新井城の士気は上がる。万が一、援軍との戦いに手こずったり、不覚を取って敗れることになれば、この三年が無駄になる。

それ故、手順が大切なのだ。

まず援軍を叩く。

それには、ふたつの効果がある。

ひとつは、

「宗瑞には勝てぬ」

という恐怖心を両上杉氏に植え付けることである。

もうひとつは、籠城する三浦軍の希望を打ち砕くことだ。

その狙いは成功した。

宗瑞の奇襲攻撃を受けて、命からがら江戸に逃げ帰った朝興は、無残すぎる敗北に打ちのめされ、しばらくは口も利けないほどだった。

朝興を派遣した朝良も呆然とした。

必死に掻き集めた三千を新井城救援のために送ったにもかかわらず、新井城に辿り着く前に伊勢軍に撃破された。合戦に敗れて逃げ帰っただけであれば、すぐさま態勢を立て直し、今度は自分が指揮を執って出陣しようという気にもなる。

そもそも戦の下手な朝興に軍配を預けたのは、とりあえず、新井城の近くに三千の兵を布陣させたいと思ったからだ。戦をさせるつもりはなかった。

だから、鎌倉も玉縄城も無視して、一路、新井城を目指すように命じたのだ。

朝興が出発した後も、朝良は必死に兵を集めていた。それがようやく二千ほどになったので、後詰めとして出陣しようとしていた矢先に朝興が逃げ帰って来た。せめて二千くらいの兵が無傷で戻ったのであれば、朝良がやる気を失うこともなかったであろう。手許にいる二千と合わせて、再び出陣したはずである。

ところが、江戸に戻ってきたのは、わずか一千の兵である。

奇襲攻撃を受けたとき、数百の兵が死傷したり捕らえられたりした。それだけでなく、敗走する朝興の軍勢を伊勢軍が待ち伏せ攻撃した。十兵衛が率いていたのは、わずか五百人に過ぎないが、臆病風に吹かれ、意気消沈して敗走する扇谷上杉軍を粉砕するには、それで十分だった。鎌倉の東で十兵衛に待ち伏せされ、多くの兵が討ち取られた。扇谷上杉軍は完全に崩壊し、兵は散り散りになった。

そのせいで三千の兵が、わずか一千で江戸城に戻る羽目になった。

もちろん、二千人もの兵が討ち取られたわけではない。死傷者は、せいぜい、五百から六百というところである。

江戸城に戻らなかった兵のほとんどは逃げたのである。朝興の采配に呆れ、あるいは腹を立て、領地から引き連れてきた兵と共に勝手に帰郷してしまった豪族も少なくない。

手許の二千と、江戸城に戻ってきた一千、それら三千の兵を率いて、改めて出陣するという選択肢も朝良にはあったが、その決断ができなかった。

なぜなら、朝興の軍勢が伊勢軍に大敗したことを知るや、豪族どもが出陣を渋り始めたのである。

朝良が迷っているうちに、こっそり城から出て行く者も多く、わずか三日で朝良の兵は二千を切った。

(これでは、どうにもならぬ……)

宗瑞が手強いことを、朝良はよく知っている。

同じくらいの兵力では勝てない。倍の兵力で対峙して、かろうじて勝つことができるかどうか、という程度の自信しかない。

朝興の話では、宗瑞が率いている兵は、ざっと四千だという。それだけではない。向かい城に二千、玉縄城にも二千の兵がいる。

宗瑞の総兵力は八千ということだ。

とすれば、一万以上の兵がなければ、とても新井城の救援に向かうことなどできない。

それほどの兵を扇谷上杉氏だけで集めるのは不可能で、どうしても山内上杉氏の助けがいる。

しかし、今の憲房にその余裕はない。まだあと半年くらいは大軍を動かすことができない。そういう事情を、朝良は道寸に書き送った。


新井城。

広間に道寸、荒次郎、それに重臣たちが居並んでいる。大森越後守（えちごのかみ）、佐保田（さほだ）河内守（かわちのかみ）、三須（みす）三河守（みかわのかみ）といった者たちである。

道寸は脇息（きょうそく）にもたれ、やや姿勢を崩して目を瞑っている。普通に坐っているだけでも体が辛いのであろう。

荒次郎は腕組みして、何かに腹を立てているかのように鋭い目で天井を見上げている。

重臣たちは誰もが血の気の引いた青い顔をしている。内心の失望を隠すことができないのか、皆、肩を落として背中を丸めている。

扇谷上杉軍が大敗したという報告、それに続く朝良からの手紙、それらが三浦軍の希望を粉々に打ち砕いた。重臣たちが死人のように暗い顔をしているのは、そのせいであった。

手紙には、年内に援軍を送るのは無理だから、何とか来年の春まで持ちこたえてほしい、と書かれている。

そんなことは不可能であった。もう食い物がないのだ。だからこそ、扇谷上杉軍が新井城の近くにやって来たら、それに呼応して、三浦軍は城から打って出る覚悟を決めていた。扇谷上杉軍と合流し、武蔵に逃げるというのが道寸の考えだった。

が……。

その計画は、三浦軍が何もしないうちに潰れた。

いや、宗瑞に潰されたと言うべきであろう。

道寸が目を開け、

「援軍は来ぬ。もはや、両上杉を当てにすることはできぬ」

ふーっと溜息をつく。

「腰抜けどもが！　こうも簡単に宗瑞に負けるとは、とても信じられぬ。最初から、やる気がなかったとしか思えぬわ」

荒次郎が吐き捨てるように言う。

「江戸から、ここまで、休まずに進めば一日で来られるはず。何のために一泊したのか解せませぬ」

大森越後守が首を捻る。

「もはや兵糧も尽き、矢もほとんどないと書き送ってあるにもかかわらず、来年の春まで持ちこたえよなどと、いったい、何を考えているのか……。われらに土を食え、海の水を飲めとでも言うのでしょうか？」

佐保田河内守が怒りで体を震わせる。

不甲斐ない扇谷上杉軍を罵倒する言葉が次から次へと吐き出される。

それが一息ついた頃、

「あれこれ言ったところで、現に援軍は敗れ去り、江戸に逃げ帰ってしまった。年が明けるまで、もう援軍は来ない。こうなった上は自分たちで何とかするしかないではないか」

三須三河守が諭すように言う。

「何とかすると言っても……何ができる？」

大森越後守が訊く。

「大殿」

三須三河守が道寸に向かって平伏する。

「ご無礼を承知で申し上げます」

「構わぬ。申せ」

「両上杉の援軍も期待できなくなった今、無念ではありますが、遠からず落城の憂き目に遭うは必定にございます。しかしながら、戦の勝敗は時の運。勝つこともあれば、負けることもありましょう。大殿と若殿は城から落ち延び、他日を期していただきたいのでございます。武門としての三浦の家名は、われら家臣が死に物狂いで戦って守り抜く覚悟でございます」

「わしらの身代わりになって、この城で死ぬというのか?」

「覚悟はできておりまする」

「どこに行けというのだ?」

「上総へ」

「ふうむ、上総か」

道寸がふむふむとうなずく。

上総に勢力を持つ真里谷武田氏の当主・信勝は荒次郎の舅である。道寸と荒次郎が頼っていけば、快く迎えてくれるであろう。

伊勢軍が城を封鎖しているとはいえ、城の三方向は海に面している。危険は伴うが、舟で海に逃れることは不可能ではない。

「すまぬが二人だけにしてもらえぬか」

道寸が言うと、重臣たちが腰を上げて広間から出て行く。あとには道寸と荒次郎の二人だけが残される。

「荒次郎」

「父上、伏してお願いいたします。何もおっしゃいますな」

「わしが何を言おうとしているのか、おまえにはわかるのか？」

「妻を連れて真里谷を頼れとおっしゃるのではないのですか？」

「その通りだ」

道寸がうなずく。

「逃げてくれぬか？」

「何という情けないことをおっしゃるのですか……」

荒次郎の目からはらはらと涙がこぼれ落ちる。

「ここに父上を残して、わたしだけが逃げると思うのですか？　嫌です。そんなことはできませぬ」

「わがままを言うな。おまえは三浦の主なのだぞ。自分のことだけを考えればいいわけではない。主には家を守るという大切な役目がある。どうせ、わしはこのような体だ。もう長くは生きられまい。海を越えて真里谷まで逃げられるとは思えぬ。みじめな最期を遂げるくらいなら、この城を枕に武士として死にたいと思うのだ。おまえは何とか落ち延び、三浦の血筋が絶えぬようにしてほしい」

「ならば、妻を実家に帰しましょう。妻は身籠もっておりますから、真里谷で子を産めば、三浦の血が絶えることはございませぬ。そもそも、まだ負けたと決まったわけではありませぬ。宗瑞の首さえ取れば、こちらが勝つのです。一人でも多くの伊勢兵を殺し、宗瑞や宗瑞の倅も殺してやりましょうぞ。戦いが続く限り、わたしは決して逃げませぬ」

「強情な奴め」

ふふふっ、と道寸が笑う。

自分が城を枕にして討ち死にする覚悟を決めたように、荒次郎は決して道寸のそばを離れぬ、と覚悟を決めているのだ。荒次郎を翻意させることは無理だ、と道寸も諦めた。

重臣たちを広間に呼び戻すと、道寸は自分の覚悟のほどを語り始める。

「人の命には限りがある。いつかは死ぬと決まっているのだ。六十六になるまで、こうして生きてきたが、人生の最後に至って、思い返せば一炊（いっすい）の夢の如し、あっという間の人生だったような気がする。見苦しい死に様をさらすよりは鎌倉以来の名家・三浦の名を汚さぬように武士らしく潔く死にたいと思う。倅はまだ二十一という若さだから、何とか城を落ちて生き延びてほしいと願ったが、最後の最後まで戦い、伊勢の兵を一人でも多く殺し、宗瑞の首を取るのだと言う。その心意気、まさに武士の鑑（かがみ）である。わしと倅は、この城で死ぬと決めた。倅の妻は、明日の朝早く、舟で真里谷に送ることにする」

「……」

重臣たちは息を殺して道寸の言葉に聞き入る。

「だが、わしも鬼ではない。汝らまで道連れにしようとは考えておらぬ。汝らも兵たちも、よく三年もの間、苦しい暮らしに耐えてくれた。礼を申すぞ。城から落ちたいという者がいれば、わしは止めぬ。少しも恨みには思わぬ」

「そのお言葉、聞こえませせぬぞ……」

三須三河守が涙を流す。

「大殿や若殿と同じく、われらも三浦の武士でございます。今になって逃げ出すくらいであれば、とうに逃げております。この世でもあの世でも、大殿と若殿にお仕えしとうございます」

その言葉を聞いて、道寸と荒次郎の目にも涙が浮かぶ。他の者たちも声を上げて泣く。

やがて、道寸は袖で涙を拭うと、

「そうと決まったならば、もう泣くことはない。酒を酌み交わし、冥土への旅立ちを祝おうではないか」

酒宴の支度と、兵たちにも酒を振る舞うことを命じる。酒も食い物も出し惜しみするな、とも付け加えた。明日で決着がつく、その後のことは考える必要がない、という意味だ。

酒宴が始まると、佐保田河内守が、

「君が代は……」

と喉を震わせる。

荒次郎は扇を手にして立ち上がり、

君が代は　千代に八千代も　よしやただ
うつつの内の　夢の戯れ

と謡に合わせて舞い始める。

やがて、佐保田河内守に他の者が唱和して、何度も謡を繰り返す。

こうして夜が更け、やがて、決戦の朝が明けていく。

二十三

七月十一日。

まだ暗いうちに、道寸は荒次郎の妻を小舟に乗せ、上総の真里谷に向かわせた。

荒次郎は見送らなかった。これから伊勢軍と戦おうというのに、湿っぽい別れなどしたら、気力が萎えてしまう、と考えたからだ。

妻と侍女たちを乗せた舟が一艘、護衛の武士たちを乗せた舟が二艘、合わせて三艘の舟がゆっくり陸から離れていく。小さな舟で三浦半島を大きく回り、江戸湾を横切って上総に渡るのは大変だ。潮の流れに逆らって船頭が漕いでいくのだから楽ではない。

少しずつ舟が小さくなっていくのを、荒次郎は崖の上から見守る。朝日を浴びて銀色に輝く水面を三艘の舟が滑るように進んでいく。今にも波に呑まれてしまいそうな心細さである。

(何とか生き延びてくれ)

妻と、妻の腹にいるわが子に向かって荒次郎は心の中で呼びかける。

舟が豆粒ほどの点にしか見えなくなっても、荒次郎は、その場から離れようとせず、視線も逸らそうとしない。

「若殿」

道寸の近習である。

「支度が調ったので戻ってほしい、と大殿が仰せにございまする」

「うむ、わかった」

荒次郎がうなずく。

道寸は、この城で死ぬことを決めている。敵陣を突破して逃げられるような体ではないのだ。馬に乗ることができないので、輿で運んでもらうしかないが、敵から見れば、これほどわかりやすい目標はない。道寸の首を取ろうとして、敵兵が群がるのは目に見えている。むざむざ雑兵の手にかかるくらいなら、城に腰を据え、戦の成り行きを見守り、頃合いを見計らって城に火をかけ、その炎の中で自害しようというのが道寸の判断である。

すでに城の各所に薪が積み上げられ、油が流されている。城全体が一気に燃え上がるように工夫してあるのだ。

荒次郎の役割は、兵を率いて伊勢軍に突撃することである。まさか数倍の敵に勝てるとは道寸も荒次郎も思っていない。

しかし、伊勢軍を混乱させ、その混乱に乗じれば、あわよくば宗瑞か氏綱の首を取ることができるかもしれないと荒次郎は意気込んでいる。

道寸からは、

「そのまま敵陣を抜けて江戸を目指せ」

と言われている。

生き延びれば、両上杉氏の力を借りて、宗瑞に奪われた領地を取り戻す機会が巡ってくるかもしれないからだ。

が……。

荒次郎に、その気はない。

道寸が新井城と運命を共にするつもりでいるのに、自分だけが生き長らえるなどということは想像もできないのである。

荒次郎は城に戻った。道寸は広間にいた。鎧甲冑(よろいかっちゅう)を身に着けて床几に坐っている。それだけのことでも、今の道寸にとっては難行と言ってよく、左右に小姓が一人ずつ立ち、道寸が姿勢を崩しそうになると急いで両脇を支えなければならなかった。

そんな道寸の姿に悲愴な痛々しさを感じ、

「そのように無理をなさらずともよろしいのに」

荒次郎が言う。

「まさか横になっているわけにもいくまい」

「しかし……」

「もう言うな。戦いに行く者たちを見送りたいのだ。共に出陣することはできぬが、わしもここで戦っているつもりなのだ」

「そうですか」

「荒次郎」

「はい」

「この城を空にして構わぬ。皆を連れて行け。どれほど残っている?」

「ざっと五百というところでしょうか。もうちょっと多いかもしれませぬが」

「五百人か……」

そうか、五百人か、と道寸が繰り返す。

三年前に籠城したときには、八百人いた。伊勢軍との小競り合いで死んだ者もいるし、籠城に疲れ果てて脱走した者もいる。少しずつ減ってはいたが、それでも、ひと月前には七百人いた。この数日で急激に減ったのは、扇谷上杉軍の敗北が兵たちの間にも噂として広がり、もはや援軍は来ないと絶望し、先行きに見切りを付けて密かに逃げ出す者が続出したせいである。

　だが、道寸は、

「それだけの兵がよく残ってくれたものだ」

　落城と決まった城に踏み止まってくれた者が五百人以上いると知って、満足そうな表情でうなずく。

「頼むぞ」

「はい」

　道寸と荒次郎は水盃(みずさかずき)を交わす。

　恐らく、この世で相見える(あいまみえる)ことは二度とないだろうとお互いにわかっているのだ。

　荒次郎は道寸に深く一礼すると広間を出て行く。すでに城門の前には五百人ほどの兵が勢揃いしている。彼らを連れて出撃すれば、城に残るのは、道寸のそばに仕える者たちや重臣たちなど、三十人にも足らぬ者だけになってしまう。

「よいか、戦では臆病者が死ぬと決まっている。敵を見て震えているようでは、すぐに殺されるぞ。敵など恐れるな。こっちが死ぬ気でかかれば、向こうが怯(ひる)む。敵の数は多い。だからこそ、向こうは、わしらを見くびって、まさか自分たちが死ぬとは思っていない。死ぬ覚悟もないだろう。臆病なのは敵の方なのだ。それを忘れるな。わしの後に続き、ひたすら前に進め。他のことは何も考えるな。ただ、ひたすら、前に、前に進むのだ。組み合おうとか斬り合おうとかしてはならぬぞ。邪魔する敵は、刀で突き刺すのだ。突き刺したなら、すぐに刀を引き抜き、また前に進むのだ。わしを信じて、ついてこい」

荒次郎が先頭になって陸地への道を進み始める。

道には三浦軍と伊勢軍が拵えた頑丈な柵がふたつある。

自分たちの作った柵は閂（かんぬき）を外して通り抜ける。

伊勢軍の柵の近くに伊勢兵はいない。

もう向こう側に引き揚げている。

三浦兵が柵を壊し始めると、陸地から矢が飛んでくる。予想していた攻撃なので、矢が飛んでくると、用意していた板戸を何十枚も隙間なく頭上に並べる。

四半刻（三十分）ほどで柵が壊れ、人が通れるようになった。

「行くぞ。恐れてはならぬぞ」

荒次郎が背負っていた長太刀を引き抜く。長さが五尺八寸（約一七五センチ）もある正宗（まさむね）の名刀である。代々、三浦家に伝わる家宝だ。

その長太刀を肩に担ぐと、荒次郎が伊勢軍に突進していく。

荒次郎たちが柵を突破して走り出すと、城に残る者たちが自分たちの柵を閉め、閂を下ろす。城には人がほとんど残っていないから、伊勢軍が攻め寄せてきたらひとたまりもない。この柵で防ぐしかないのだ。

新井城を包囲している伊勢軍は、宗瑞が率いて来た四千と向かい城にいた二千、合わせて六千である。三浦軍の十二倍だ。

宗瑞と氏綱は事前に打ち合わせ、荒次郎を相手にしないと決めてある。まともに戦うと、損害が大きいとわかっているからだ。

荒次郎に対しては、遠くから矢を射かけるだけでよい、自分の方に迫ってきたら逃げろ、と兵たちに指図してある。

それ故、荒次郎が突進してくると、伊勢軍は左右に大きく広がり、誰も荒次郎と戦おうとしない。まるで海がふたつに割れたかのような空間を、一人荒次郎が走って行く。荒次郎も立ち止まって戦いを挑もうとはしない。

宗瑞と氏綱が荒次郎対策を講じたように、荒次郎には荒次郎の目論見（もくろみ）があるのだ。伊勢軍が自分を恐れているのを知っているので、その恐れを利用しようと考えたのである。それは今のところうまくいっている。

荒次郎の後には五百人の三浦兵が続いている。

彼らも足を止めようとしない。荒次郎に命じられたように、伊勢兵が近寄ってくれば足を止めずに刀で突くだけである。

荒次郎を先頭とする五百人は、あたかも巨大な一本の矢のように伊勢軍の包囲網を突破していく。

　そのまま二町（二二〇メートル弱）ほど進むと、突然、目の前に伊勢兵の姿が見えなくなった。包囲網を突破したのだ。

　そこで荒次郎がぴたりと足を止める。

　後ろからやって来る兵たちを振り返ると、

「よく聞け。おまえたちは、よくがんばってくれた。これまでの忠義に礼を申すぞ。さあ、敵陣を抜けた。この先に敵はおるまい。思い思いに逃げよ」

「若殿は、どうなさるのですか？」

「わしは城に戻る。父上が残っておるのでな」

「ならば、わしらにもお供をさせて下さいませ」

「ならぬ！　この場から逃げ延びろというのが、主であるわしの命令だ。従わぬ者は容赦なく斬り捨てるぞ」

　さあ、行け、行かぬか、と荒次郎が長太刀を振り回すと、一人、二人とその場から兵たちが離れていく。

「よし、よし」

　荒次郎は満足げにうなずくと、今度は城に向かって走り出す。

（くそっ、宗瑞の本陣がわかれば斬り込んでやるものを……）

突然、荒次郎が足を止める。

振り返ると、背後に人の気配を感じたのだ。先程、逃げさせたはずの兵たちが追ってくるではないか。一人や二人ではない。ざっと三百人以上はいる。

「馬鹿者、何をしている！」

「わしらにも意地がございます。最後までお供したいのです」

「そうしたいのです」

お願いします、お願いします、と兵たちが声を合わせると、

「ば、ばかなことを……。城に戻るというのは死ぬということだぞ。助からぬということなのだ。そんなこともわからぬのか！」

荒次郎が怒鳴る。

「もちろん、承知しております」

「生き延びたい者は、もう立ち去りました。ここにいるのは大殿や若殿と共に最後まで戦い、冥土までお供したいと願っている者ばかりなのです」

「……」

荒次郎が呆然とする。不意に両目に涙が溢れる。

おれも父上も何という果報者なのだ、これほどの忠義を示してくれる家臣たちを抱えて

いたとは……そう思うと胸が熱くなり、もはや、涙を止められなくなってしまう。

「勝手にせい！」

袖で涙を拭うと、荒次郎がまた走り出す。

三百の兵が後に続く。

うおおおっと獣のような雄叫(おたけ)びを発しながら、荒次郎が伊勢軍の背後から襲いかかる。

軽い棒でも振り回すかのように、荒次郎は重い長太刀を振り回す。長太刀が一閃(いっせん)するたびに血飛沫(ちしぶき)が上がり、伊勢兵が倒れる。

伊勢兵は荒次郎を恐れ、左右に大きく道をあける。

城を出たときと同じように、伊勢軍の包囲網に大きな空間ができる。そこに荒次郎を先頭とする三百の三浦軍が突撃する。

ふと、

（ここで踏み止まって戦えば、万にひとつ、勝てるかもしれぬ）

そんな考えが頭に浮かび、荒次郎が走る速さを抑える。

しかし、伊勢軍は逃げ回っているだけではない。

荒次郎に近付いていて、斬り合ったり組み合ったりしようとはしないが、遠巻きにして絶え間なく矢を放っている。伊勢軍は数が多いだけに、放たれる矢の数も多い。荒次郎の背後でばたばたと三浦兵が倒れる。そんな光景を肩越しに振り返って見ると、

（いかん、こんなところで立ち往生すると、もう城に戻ることができなくなってしまう）

思い直し、また全速力で走り始める。

城と陸地を結ぶ道には伊勢兵が群がっている。

何とか柵を叩き壊し、城に入ろうとしているのだ。

柵のそばには三浦兵が何人も倒れており、もう柵を守っている者はいない。伊勢軍が柵を突破するのは時間の問題だ。

それを見て、荒次郎の頭に血が上る。

「おのれら、冥土の道連れにしてくれるわ！」

長太刀が振り回される。

たちまち何人かの伊勢兵が倒される。

それを見て、柵のそばにいた伊勢兵が海に飛び込む。かなりの高さだし、潮の流れも速いから、よほど水練が達者でないと溺れてしまいそうだが、荒次郎に斬られるよりはましだと思うのであろう。それほど荒次郎は恐れられているのだ。

伊勢兵が次々に海に飛び込み、柵のそばには誰もいなくなった。それを見て、城から三浦兵が何人か走り出てきて柵の閂を外す。

「父上は？」

「奥におられます」

「よし、おまえたち、ここを守るのだ。何かあれば、わしを呼びに来い」

荒次郎の背後に従っていた三浦兵は三百人が二百人弱に減っている。伊勢軍の弓矢攻撃で百人以上の兵が倒されたのである。

広間に入ると、上座に道寸がおり、その左右に重臣たちが居流れている。異様なのは、彼らが白装束に着替えていることだ。

道寸は目を瞑り、口の中で経文を唱えている。重臣たちも同じである。

「父上！」

荒次郎が広間に入ると、道寸が目を開ける。

「やはり、戻ってきたのか」

「生きたい者は遠慮せずに逃げよ、と兵たちに告げたところ、二百人ほどが逃げました。残りの三百人は、わしと父上に殉じて、この城で死にたいそうです。もっとも、城に戻る途中で百人ばかり倒されてしまいましたが」

「そうか。ありがたい者たちだな。それほど多くの者たちがわしらに殉じてくれるとなれば、たとえ三浦の家が滅びても、あの世でご先祖さまに顔向けもできようし、世間にも面目が立つ。ここに至っては、もはや、おまえにも生きよ、とは言うまい。しかしながら、まずは、わしらの介錯をせよ」

「何をおっしゃるのですか。わたしも、ここで腹を切ります」

「それは困る」

道寸が首を振る。

「わしらが死んだ後、城に伊勢兵が乱入してきたら首を奪われてしまうではないか。わしらの死を見届け、城に火を放ち、一人の伊勢兵もここに近付けてはならぬ。その役目をおまえに命ずる」

「しかし、父上、それでは……」

「最後の親孝行だと考えよ。頼みを聞いてくれるな?」

「は、はい……」

荒次郎が肩を落とし、溜息をつく。

「わしは、よい息子を持った。荒次郎、礼を申すぞ」

「お礼を申し上げたいのは、わたしの方でございます。父上の子に生まれて本当によかった」

「泣くな。人は誰でも死ぬのだ、死など恐れることはない」

ふーっと大きく息を吐くと、道寸が腹をくつろげる。

「情けない話だが、腹を切る力が残っていないかもしれぬ。そのときは、ためらうことなく、この首を落としてくれ」

「承知しました」

「うむ」

道寸は、にこっと微笑むと、

討つ者も　討たるる者も　土器よ
　くだけて後は　もとの土くれ

と、あらかじめ用意しておいた辞世を繰り返し詠じた。

戦で勝つ者もいれば負ける者もいるが、考えてみれば、どちらも土器のようなものではないか。土器であるうちは見かけや形も違うが、砕けてしまえば、元の土に戻って見分けもつかない。それと同じで、勝者も敗者も、死んでしまえば、見分けのつかないただの肉の塊になってしまう。そんな意味である。

「参る」

道寸が左の脇腹に脇差しを突き立てる。そのまま右の脇腹に引こうとするが、臍のあたりで力尽きる。

ちらりと荒次郎を見上げる。

「……」

荒次郎は軽く会釈すると、

びゅっ

一太刀で道寸の首を落とす。

それを見て、大森越後守、佐保田河内守、三須三河守など十五人の重臣たちが次々に腹を切る。

荒次郎が一人で介錯した。

広間の板敷きが流れ出る血で真っ赤に染まり、濃厚な血の匂いがあたりに漂う。荒次郎も返り血を浴びて全身が真っ赤である。

そこに、

「申し上げます、伊勢軍が……」

三浦兵が広間に入ろうとして立ちすくむ。あまりにも凄惨な光景を目にして言葉を失ったのだ。

「どうした？」

「は……伊勢軍が柵に……」

「わかった」

荒次郎が広間を出て行く。

外に出て陸地に続く道を眺める。

どういう状況なのかは、すぐにわかった。

伊勢軍が柵を壊して道を突破しようとしている。三浦兵が柵を守ろうとしているが、もう三浦軍には矢がないので刀で防ぐしかない。一方の伊勢兵は弓矢で三浦兵を狙い撃ちする。今や、柵を守っている三浦兵は、わずか数人である。海を見下ろせば、伊勢兵に射られた三浦兵の亡骸が何十も浮かんで波に洗われている。

「ここは、わし一人で守る。おまえたちは城に火をかけよ。何もかも燃やすのだ」

「は」

その場に残っていた三浦兵が城に駆け戻っていく。

「……」

荒次郎が憤怒の形相で伊勢兵に向き合う。柵に取り付いていた伊勢兵は荒次郎を恐れて、じりじり後退する。

「おのれら、覚悟するがよい。わしの手で冥土の道連れにしてやる」

柵の門を外すと、荒次郎が伊勢兵に向かって進み始める。

先頭にいる伊勢兵が慌てて弓を構える。

しかし、矢を射るには双方の距離が近すぎる。

荒次郎が地を蹴って走る。

たちまち距離が詰まり、血飛沫が飛ぶ。

荒次郎の長太刀が一閃するたびに伊勢兵が死ぬ。

うわーっと叫びながら、伊勢兵がもと来た道を逃げ始める。

荒次郎は、それを追いかけようとはしない。自分の役割を果たそうとしているのだ。城が燃え上がり、道寸たちを炎に包むまで伊勢兵を城に入れないことである。

陸地の側から、宗瑞、氏綱、円覚が荒次郎を見ている。

「このまま放っておいてよいのですか？」

氏綱は若いだけに血気盛んだ。何とか荒次郎を討ち取ってやろうと鼻息が荒い。

「もう戦は終わった。わしらが勝ったのだ。無益な殺生をすることはあるまい。そもそも、あの男を討ち取るまでに何人の兵が命を落とすことか……」

そんなことをする必要はない、と宗瑞が氏綱をたしなめる。

「しかし、万が一、ここから逃がしてしまったら……」

「それは、ない」

宗瑞が首を振る。

「あの男の顔には、はっきりと死相が浮かんでいる。もう死を覚悟しているのだ。そう見えぬか、円覚？」

「そう思います。逃げるつもりであれば、さっき城を出たときに逃げたはず。城に戻ったということは、この城で死ぬつもりなのでしょう。あれは死兵にございます。下手に手を出せば、兵を失います。何もせぬのがよろしいかと存じます」

「あそこで何をしているのです？」

氏綱が訊く。

「時間を稼いでいるのだ。恐らく、もう道寸は死んだのであろう。道寸の首をわれらに奪われぬよう、城が燃え落ちるのを待っているのだ」

「よいのですか、この城を燃やしてしまって？」

氏綱は納得できないという顔である。

「こんな城はいらぬ。三浦一族の怨念が籠もっているような薄気味悪い城ではないか」

宗瑞が顔を顰める。

この日の戦いで、三年という長きにわたった籠城戦に終止符が打たれた。

三浦道寸、重臣たち、三浦兵など、この日だけで三百人以上が死に、新井城は灰燼（かいじん）に帰した。

新井城が面していた湾は、三浦兵の血で真っ赤に染まり、光を浴びた血がてらてらと油のように揺らめいて見えたことから、この湾は、この後、油壺と呼ばれるようになったと言われている。

荒次郎は新井城の最後をしっかり見届けてから死んだ。轟音と共に屋根が崩れ落ちると、伊勢軍に背を向け、ためらうことなく、燃え上がる城に入っていった。それきり荒次郎の姿を見た者はいない。

城は夕方まで燃え続けた。焼け跡から多数の人骨が見つかったが、それらが誰のものであるか判別することは不可能であった。

三浦荒次郎義意は、伊勢氏との多年にわたる戦いにおいて、五百人以上の伊勢兵を殺したと伝えられている。

生前、すでにその豪傑ぶりは広く世間に知られていたが、死して後、更に恐れられることになったのは怨霊伝説が生まれたからである。

戦いが終わってから、夜毎、新井城の周辺で荒次郎らしき者の姿が目撃されたが、それは人の姿ではなく、空を飛ぶ鬼の姿として目撃された。幼子をさらって食らうというので地元の民が何とかしてほしい、と宗瑞に泣きついた。

相手が生身の人間であれば兵を送って討伐すればいいが、相手が怨霊では刀や弓矢は通用しない。

宗瑞は、小田原の総世寺の高名な住職に怨霊鎮撫を依頼した。

その住職は、たった一人で新井城の跡地に出向き、怨霊が現れるのを待った。

深夜、目を真っ赤にし、口から鋭い牙を覗かせた荒次郎の怨霊が雲に乗って現れた。

「取って食らってやろうぞ、腐れ坊主が！」

「ここは死者のいるところではない。成仏するがよい」

住職は、怨霊を恐れることなく経文を唱え始める。

怨霊は腹を立てて、住職の周囲を飛び回り、何とか殺してやろうとするが、御仏(みほとけ)の功徳(くどく)に守られた住職には手出しができない。

やがて、夜明けの光が射してくると、

「おのれ、おのれ」

怨霊が口惜しそうに喚(わめ)きながら姿を消した。

住職が怨霊鎮撫に成功したのである。

うつつとも　夢とも知らぬ　ひと睡(ねむ)り
浮き世の隙を　あけぼのの空

疲れ切った住職が汗を拭いながら詠んだ歌である。

人生など、それが現実なのか夢なのかもわからないうちに過ぎていく。ほんのひと眠りのようなものだ。たとえ、ひと眠りであっても、この世には物憂いことばかりが多い。そんな憂き世の隙間に、美しく夜が明けていくことだ……そんな意味である。

鎮撫されても、よほど荒次郎の恨みは深く、完全には成仏できなかったのか、毎年七月十一日になると、新井城があった場所には稲妻が走り、暴風が吹き、戦いの声や人の叫び声のようなものが聞こえると言われる。

三浦道寸、享年六十六。

三浦荒次郎、享年二十一。

永正十三年（一五一六）七月十一日、鎌倉幕府の創建以来、十五代、三百年続いた名門・三浦一族は滅亡した。それは宗瑞が相模全域を完全に支配下に置いたことを意味している。

第三部　韮山さま

一

三浦(みうら)氏を滅ぼして、伊豆(いず)と相模(さがみ)、二ヶ国を領することになった宗瑞(そうずい)は、その後、しばらくの間、自ら積極的に兵を動かそうとはしなかった。

両上杉(うえすぎ)氏のいる武蔵(むさし)に攻め込むことを悲願としているものの、冷静に自分を取り巻く環境を見回せば、とてもそんな余裕がないことは明らかなのだ。

東相模の豪族や百姓は疲弊しきっている。

三浦氏が重い年貢をかけ、兵を徴集したからである。人手を失った田畑は荒れ放題となり、収穫は激減した。餓死者も多かった。体力のない子供や年寄りは流行病(はやりやまい)でばたばた死んだ。

伊豆や西相模の者たちも安穏に楽な暮らしをしていたわけではない。

玉縄城と、新井城の向かい城に多くの兵を常駐させたため、彼らを食わせるのに宗瑞は韮山や小田原に蓄えていた食糧や金銀を吐き出さなければならなかったし、それでも足りず、年貢を重くしなければならなかった。餓死者が出なかったのは、元々の年貢が他国よりもずっと安かったからである。

戦は、人々を苦しめ、飢えさせ、土地を荒廃させる。

新井城の籠城戦があと一年も続いていれば、伊勢氏も自滅していたかもしれない。それほど苦しい戦いだったのだ。

しばらくは戦などする余裕はない。

兵を帰農させ、農作業に従事させなければ、農作物の収穫高は減っていくだけである。

戦費調達のために重くした年貢も軽くしてやらなければならない。

当面は内政に専念し、国の体力を取り戻す必要がある。

とは言え、軍事行動を完全に控えたわけではない。

そんなことは不可能であった。

周辺国の状況が、それを許さなかったのである。

あくまでも宗瑞自身は兵を動かさなかったに過ぎない。

同盟国である駿河の今川は西の遠江や三河にたびたび兵を出していたし、甲斐の武田氏との争いも続いている。今川から援軍要請があれば、宗瑞は応じなければならなかった。

もっとも、兵の数は多くても一千くらいだったし、大抵は三ヶ月くらいで帰国することができた。

それくらいならば、大した負担ではない。

ところが、三浦氏を滅ぼした翌年、すなわち、永正十四年（一五一七）になって、伊勢氏は海を渡って上総に兵を送る事態になった。

事の発端は、真里谷武田氏からの援軍要請である。

真里谷武田氏といえば、荒次郎の妻の実家で、本来ならば、伊勢氏とは敵対関係にあるはずの家だ。

しかしながら、荒次郎の妻は実家に戻ったものの、結局、流産してしまったので、三浦の血筋は絶え、真里谷武田氏と三浦氏の縁も切れた。

それ故、真里谷武田氏と伊勢氏の間に遺恨はない。

真里谷武田氏は、かなり昔から下総の原氏と抗争を続けてきた。その抗争が、次第に劣勢になってきたので、宗瑞に力を貸してほしい、と泣きついたのだ。

原氏というのは下総の守護・千葉氏の重臣で、その本拠である小弓城が真里谷武田氏との境界近くにあるため、支配領域を巡って、両者はたびたび合戦沙汰を起こしている。

宗瑞は独断では結論を出さず、まず氏綱に相談した。

「なぜ、わざわざ、海の向こうに兵を送る必要があるのですか？」

氏綱が疑問を呈する。

「海の向こうといっても、それほど遠いわけではない。現に南総の里見は海を渡って鎌倉にまで攻め込んでいる」

「お言葉を返すようですが、兵を出すのであれば武蔵ではないでしょうか？」

「それよ、それ。できることなら、わしも武蔵を攻めたい。しかし、今はまだ両上杉の力が強い……」

真里谷武田氏が千葉氏や原氏を圧迫して下総に影響力を持つことになれば、下総と国境を接する武蔵をも圧迫することになり、それによって相模方面と下総方面から江戸の扇谷上杉氏を挟撃する態勢を築くことができる……それが宗瑞の遠大な構想であった。

「何と気の長い……」

氏綱が溜息をつく。

伊勢軍が渡海して千葉氏と原氏を滅ぼして下総を支配し、相模と下総から武蔵に雪崩込むというのならわからぬではない。

しかし、劣勢に立たされている上総の真里谷武田氏を後押しするというのでは、いつになったら挟撃態勢を築くことができるのか見当もつかない。

そんな遠回しのことをするより、相模から武蔵に攻め込んで一気に江戸城を落とす方がよほど簡単ではないか、というのが氏綱の考えである。

「わしは年寄りで、おまえは若い。わしには残された時間があまりないのに、ずっと先のことを考えて手を打とうとしている。おまえには多くの時間が残されているのに、気持ちばかりが焦って、目先のことしか考えようとしない」

「それは悪いことですか？」

氏綱がムッとする。

「別に悪くはない」

ふふふっ、と宗瑞が笑う。

「両上杉は強い。三浦との戦いを終えたばかりの伊勢氏には、両上杉と真正面から組み合って勝てるだけの力がない。いずれ武蔵を攻めることになるだろうが、それは今ではない。あと何年か待たねばならぬ。今はおとなしく米や銭を倉に積み上げることだけを考えるのだ。倉から米や銭が溢(あふ)れるようになったときこそ、武蔵を攻めるときであろうよ。それが三年後だとして、武蔵から両上杉氏を追い出すのに十年はかかる。その頃、わしはこの世にはおるまいから、おまえが伊勢氏を率いている。さて、武蔵を征したならば、次に何をする？」

「そんな先のことまで考えてはおりませぬが……」

「考えるのだ。常に先のことを考えて手を打たねばならぬ。よいか、武蔵を征したならば、次は下総を攻めるのだ。下総から上総へと兵を進める」

「海沿いに進むわけですか？」

「そうだ。海沿いの国々は港がある。港には諸国から船がやって来る。交易を盛んにし、商いが賑わえば、いくらでも銭が入ってくる。土地だけに頼っていたのでは、国は豊かにならぬのだ」

「そこまでお考えだったとは……。わかりました。上総に兵を送りましょう」

「言うまでもないが、大軍を送る必要はない。伊勢氏が上総や下総に足場を築くことが大切なのだ。最初は五百くらいでよかろう。多くても一千だな」

つまり、宗瑞の本音としては、真里谷武田氏を支援することで両上杉氏を挟撃する態勢を築くと言っても、真里谷武田氏に、それほど多くを期待しているわけではない。ここで真里谷武田氏と手を組んで原氏や千葉氏を叩いておけば、いずれ伊勢氏が武蔵を征し、下総に攻め込んだとき有利になるだろうという見通しを持っているのである。

あからさまに口には出さないが、そのとき真里谷武田氏と利害が衝突すれば、当然、真里谷武田氏とも干戈を交えることになる。

もっとも、それは何年も先の話である。

今は何食わぬ顔で手を結び、助けを求めている真里谷武田氏に恩を売るのがいい、という考えである。

そういう宗瑞の本音が理解できれば、氏綱としても派兵に反対する理由はない。

宗瑞は房総半島の抗争に介入することになったが、これは思わぬ副産物を生んだ。

扇谷上杉氏との和睦である。

こういう事情であった。

この頃、古河公方家の争いはまだ続いている。第二代の古河公方・足利政氏と、その嫡男・高基が公方の座を巡って争ったのである。山内上杉家の家督を巡る憲房と顕実の争いもからんで関東を二分する争乱が勃発した。

これを永正の乱という。

憲房は高基を、顕実は政氏を味方にした。

扇谷上杉氏の朝良は政氏の側に立った。

結果的に憲房が顕実に勝利したことで、憲房と手を組んでいた高基が政氏を追って第三代の古河公方の座についた。

政氏は高基に対する抵抗を続けた。

高基の弟・義明も父・政氏に味方した。

この義明を庇護していたのが真里谷武田氏だったのである。

永正十五年（一五一八）四月、朝良が死んだ。後を継いだのは朝興である。

後ろ盾を失った政氏は、年齢的な問題や健康上の理由もあって隠退することを決めた。

永正の乱は、政氏の隠退によって終結することになったが、新たな騒動が持ち上がった。

宗瑞の支援を受けたことで劣勢をはね返し、逆に千葉氏と原氏を圧迫し始めた真里谷武田氏は、この年の七月、義明を盟主として周辺の豪族たちを糾合して大軍を編成すると、原氏の本拠・小弓城を一気に攻め落としたのである。この場で義明は、

「自分こそが正統な公方である」

と宣言し、兄の高基を古河公方とは認めないという考えを表明した。

以後、義明は小弓公方と呼ばれることになる。

真里谷武田氏と同盟関係にある宗瑞は、当然、義明を支持した。

扇谷上杉氏も、朝良が政氏を支持していた関係で、朝良の後継者である朝興も義明を支持した。その結果、小弓公方・足利義明を仲介者として、この年の七月に宗瑞と朝興が和睦することになったのである。

この和睦には氏綱も賛成した。

本心では、いずれ武蔵を攻めようと考えていたものの、今すぐには無理で、あと三年か五年くらいは武蔵攻めの体力作りが必要だと納得している。

その間に、逆に両上杉氏に相模に攻め込まれては大変だから、時間稼ぎのために和睦を受け入れることにしたのだ。

この和睦は山内上杉氏の憲房を激怒させた。

顕実の死によって生じた山内上杉氏内部の不協和音がようやく収まり、いよいよ本腰を

入れて宗瑞と対決しなければならぬと思案しているところだったからである。水を差された形になった。

古河公方に誰を推すか、という問題を契機に、それでなくても両上杉の関係はぎくしゃくしていた。

宗瑞と朝興の和睦は、両上杉の関係を決定的に悪化させた。

憲房は、宗瑞討伐のために相模に攻め込む支度を進めていたから、

（鎌倉や玉縄城を攻める前に、まず江戸城を落としてしまうか）

と攻撃の矛先を変更することを検討した。

両上杉と並び称されてはいるものの、軍事力や財力などでは山内上杉氏が扇谷上杉氏を圧倒している。しかも、朝興は戦下手で有名だ。

憲房が攻めれば、ひと月かふた月で朝興を屈服させることができるであろう。

今の憲房ならば、いつでも一万の兵を動かすことができる。朝興の動員力は五千くらいだから、どう考えても負けようがない。

唯一の懸念は宗瑞の動向である。

万が一、宗瑞が朝興に味方して武蔵に遠征してくれば、憲房は両面作戦を強いられることになる。

伊豆と西相模を領していた頃の宗瑞であれば、他国に出せる兵力は、せいぜい、三千か

ら四千というところだったが、東相模をも支配下に置いたことで、五千から六千くらいの兵ならば、いつでも動かすことができるようになっている。朝興の兵力と合わせれば、優に一万を超える。

憲房は宗瑞の手強さを熟知している。

だからこそ、宗瑞と戦うときは、常に兵力で圧倒することを心懸けてきた。自分の方が兵力で劣っていては、とても宗瑞に勝てる気がしないのである。

江戸城を落として朝興を屈服させるつもりが、逆に自分が宗瑞と朝興の前で膝を屈する事態になりかねない。そんなことを考えると、迂闊に兵を動かすのは危険だという気になってくる。

結局、憲房は兵を動かさなかった。戦をするときは配下の豪族たちに檄を飛ばし、兵を率いて集まるように命ずる。食糧も武器も基本的には自弁だから、命令が届いても、豪族たちもすぐに動くことはできない。支度に時間がかかるのだ。

憲房の本拠地には多数の風間党の忍びが入り込んでおり、その動きを常に見張っている。どれほど些細に思われることでも、すぐに宗瑞に知らされる仕組みになっているのだ。

(戦にはならぬな)

宗瑞は、そう判断した。豪族たちが戦支度をしている様子がないからである。憲房が兵を動かす恐れがなければ、しばらく大きな戦はない。その間に、やっておきたいことがある。家督継承である。

　朝興と和睦した二ヶ月後、宗瑞は隠居し、氏綱に家督を譲った。宗瑞は六十三歳、氏綱は三十二歳である。宗瑞の年齢を考えれば、もっと早く隠居してもおかしくなかったが、伊勢氏を取り巻く環境が宗瑞の隠居を許さなかった。少しでも弱味を見せれば、周辺国が牙をむいて襲いかかってくるような情勢だったからである。

三浦氏を滅ぼし、相模全域を支配下に置くことに成功したことで伊勢氏の力が強大になり、そう簡単に周辺国に攻め込まれる心配はなくなった。朝興と和睦したことで、更に安全になった。

　今や伊勢氏の脅威は、山内上杉氏と甲斐の武田氏くらいだが、武田氏には今川氏が睨みを利かせているので、いきなり伊豆や相模を攻められる恐れはない。となれば、憲房が隠忍自重の方針を選択すれば山内上杉氏と激突することもないから、当面、伊勢氏が大がかりな戦いをすることはない。

　長い戦いの末に、ようやく手に入れた平穏な日々、そのときを待って、宗瑞は一線を引くことを決意したのである。

　この代替わりを機に、宗瑞は伊勢氏の本拠を小田原と定め、氏綱に城を与えた。いずれ武蔵を攻めるのであれば、伊豆ではなく、相模に本拠を置くべきだという考えからである。

　宗瑞は韮山城に住むことにした。

以後、「韮山さま」と呼ばれることになる。

二

編み笠を被った老人が農道を歩いて行く。小者を一人従えている。宗瑞である。

野良仕事に励んでいた農民たちが宗瑞に気が付き、

「韮山さまじゃ」

「韮山さまが来られるぞ」

作業の手を止め、深々と頭（こうべ）を下げる。

宗瑞は軽く編み笠を上げて、農民たちに笑顔を向ける。中には、わざわざ宗瑞に近付いてきて、土下座しようとする者もいる。

「よい、よい。そのようなことをせずともよい」

宗瑞は農民を立たせ、作物の実り具合はどうか、何か困っていることはないか、といろいろ質問する。

農民が話し出すと真剣な表情で耳を傾ける。

いつしか宗瑞の周りに人だかりができる。誰もが宗瑞と話したい、話を聞いてもらいたい、と願っているのだ。

宗瑞は嫌な顔もせず、いちいち話を聞いてやる。

宗瑞が歩くと人だかりも動く。その人だかりは香山寺（こうざんじ）に近付いていく。寺の門前には、宗瑞を出迎えるために、住職の以天宗清（いてんそうせい）と小僧たちが立ち並んでいる。

宗瑞は農民たちを振り返ると、野良仕事に戻るように促す。

「韮山さまのお元気な姿を見ることができて安心でございまする」

「どうかお体を大切になさって下さいませ」

農民たちは改めて宗瑞に頭を下げると、ぞろぞろ畑に戻っていく。

「大変な人気でございますな」

「まあ、確かに」

宗瑞は、さして嬉しそうな顔もしない。

農民たちが宗瑞を慕うのは、宗瑞が苛酷な領主ではなく、年貢が安いからだとはわかっている。宗瑞が支配する国々だけが他国よりも年貢が安いのだ。おかげで農民たちは人間らしい暮らしを営むことができる。

農民たちは、氏綱に代替わりしたことで、今の年貢の取り決めが反古（ほご）にされるのではないか、かつて山内上杉氏が支配していた頃のように重い年貢を課されるのではないか、と心配しているのだ。

「掘り出し物があるそうですな」

そういう手紙を以天和尚（おしょう）から受け取ったので、宗瑞は香山寺にやって来た。

「すぐにご覧になりますか」

「ぜひに」

「では、こちらに」

以天和尚は宗瑞を講堂に案内する。ここで朝と夕に僧侶たちが勤行し、日中は近在の子供たちを集めた寺子屋が開かれている。身分を問わず、学ぶ意欲のある者には無償で教育を施す、というのが宗瑞の揺るがぬ信念で、以天和尚に頼んで講堂を借りている。教授役は寺の僧が交代で務める。子供たちが使う筆や紙、教科書などはすべて宗瑞が提供している。

講堂からは『論語』を素読する嗄れた声が洩れ聞こえている。今日の先生役は六十がらみの老僧である。

（ん？）

宗瑞が小首を傾げる。『論語』の里仁篇を素読しているが、その読み下しがおかしい。以天和尚も気付いたらしく口許に笑みを浮かべている。講義を受けている少年たちは何の反応もしない。わかっていないのであろう。

ふと宗瑞は講堂の廊下を拭き掃除している少年に目を留める。その少年も笑っていたからである。

老僧が解釈を始める。

しかし、読み下しが間違っているのだから、当然、解釈も間違っている。前後の辻褄が合わなくなる。

何がおかしいのか自分でもわからないのか、それとも、いちいち訂正するのが面倒なのか、何食わぬ顔で、さっさと先に進んでしまう。

宗瑞が掃除の少年を見ると、さっきよりも激しく肩を震わせて必死に笑いを嚙み殺している。その姿を見て、少年が笑ったのは偶然ではなく、ちゃんと講義を聴いた上で、老僧のおかしな解釈を聞いて笑いを堪えることができなくなったのだ、とわかった。

「あれは寺男ですかな」

頭も丸めておらず、古びた野良着を着ているから小僧でも僧侶でもない。

「故あって下働きをさせております」

「下働きをさせながら、実は講義を聴かせている。そういうことですかな」

「小太郎ならば、四書の講義を聴いても、新たに得ることは何もないでしょう」

「四書の講義がたやすいというのですか、あの少年にとっては？」

四書とは『論語』『孟子』『大学』『中庸』という四つの漢籍のことで、あらゆる学問の基礎と考えられている。

「寺に通い始めたのは六年前で、四年ほど前に学問を諦めようとしましたが、あれほどの才を埋もれさせるのは惜しいと考え、寺仕事をさせつつ、その合間に学問を続けさせることにしました。その甲斐あって、こちらの期待以上に小太郎の学問は進み、もはや、この寺で教えられることはありません。更に学問を究めさせようとするのならば京に上らせ、大徳寺で修行させるのがよかろうと存じますが、小太郎の才を生かすことのできる道は他にあるやもしれず、一度、韮山さまにお引き合わせしなければと考えて、手紙を送った次第です」

「あの子が掘り出し物なのですな。あの小太郎という少年が」

「そうです。あちらで詳しくお話をしましょう」

以天和尚の部屋に入ると、小僧が茶を運んでくる。

「拭き掃除が終わったら、薪割りを始める前にここに来るように小太郎に伝えなさい」

小僧に命じる。

「掃除に薪割りとは忙しいですな。まだ子供のように見えましたが」

「十三になります。寺の仕事が終わった後には村に戻って日暮れまで畑仕事をすることになっています……」

小太郎には奈々という四歳の妹がおり、自分と奈々の食い扶持を稼ぐには、寺の仕事だけでなく、畑仕事もしなければならないのだ、と以天和尚が説明する。

「親はいないのですか？」

「おりません。父親は四年前に、母親は三年前に亡くなりました」

「それは哀れな」

「小太郎は風間五平の倅でございます」

「風間五平……？」

四年前、五平は三浦氏が籠城する新井城の様子を探るため、危険を覚悟で城に潜入した。情報収集に成功し、そのおかげで宗瑞は作戦を誤らずに済んだ。

しかし、五平は捕らえられ、見せしめとして処刑されたのである。

そういう記憶が宗瑞の脳裏に甦る。

「そうでしたか。小太郎は、あの風間五平の倅でしたか……」

感慨深げにうなずいてから、ふと、宗瑞は怪訝な表情になり、

「五平の倅が、なぜ、それほど苦労して暮らさなければならないのですかな？」

小太郎が学問を断念しようとしたのが四年前だとすると、その原因は五平の死に違いない。五平の死によって生活が苦しくなり、学問する余裕がなくなって寺の雑務や畑仕事に明け暮れるようになったのではないか、と想像できる。

宗瑞が不思議に思ったのは、五平亡き後は弟の六蔵が風間党を率いているし、韮山周辺には風間一族が根を張っているのに、なぜ、小太郎だけがそれほど苦労しているのか、ということである。

「それは……」

以天和尚が説明しようとしたとき、

「小太郎でございます」

と廊下から声がした。

三

「わしを知っておるのか？」

宗瑞が小太郎に訊く。

「韮山さまでございまする」

「父と母を亡くしてから苦労したようじゃのう」

「お言葉ではございますが、苦労したとは少しも思っておりません」

「昼まで寺の仕事をこなし、それから村に戻って田や畑で野良仕事をするというではないか。その合間に学問も続けているのであろう？　楽な暮らしとは思えぬのだが」

「父が生きている頃、相模にいたときの話をよく聞かされました。風間村で小作をしていたときは、実り豊かな年でさえ年貢が重くて食うや食わずで、作柄が悪い年には何もかも小田原の武士たちが持ち去ってしまい、手許に何も残らないので飢えていたそうです。父や母は水を飲み、木の根を囓ったり草を食べたりして生き延びたそうです。病に倒れても薬も飲めず、戦になれば村を焼かれ、女子供は拐かされて売られると聞きました。風間村にいるときは地獄だったが、伊豆に移り住んでからは極楽にいるようだと父は申しておりました。そんな地獄のような暮らしを思えば、わたしのしていることなど何ほどのことでもありません。仕事をすれば食べ物をもらうことができますし、和尚さまが学問も教えて下さいます。病気になれば薬も飲ませてもらえますすし、家を焼かれる心配もありません。これで不満を口にしたら罰が当たります」

「五平はよう尽くしてくれたから、その働きに報いて田畑を与えた。韮山には、五平の弟もおるし親類もおるではないか。彼らの力を借りて田畑を耕作すれば、おまえたち兄妹が暮らしていくには不足ないのではないか。何も他人の田畑で野良仕事をすることはあるまい。自分の田畑を耕せばよい」

宗瑞が言うと、小太郎が口許に笑みを浮かべる。

「何がおかしい?」

「韮山さまの言うことは無理だからでございます」

「どこが無理なのじゃ?」

「それは……」

五平が生きていた頃は、情報収集活動のために旅することが多かったから年貢を免除されていたが、五平が死ねば、そうはいかない。

小太郎が田畑を相続すれば、その田畑に年貢がかけられる。家ごとに棟別銭という税もかかり、その税は家族の人数によって決まる。一年に何日か、その家から公役をこなす人手も出さなければならない。

五平が死んだとき、小太郎の母・加代（かよ）は身籠もっていたし、祖母の八重（やえ）は足腰が弱い。九歳の小太郎も、まだ一人前の働きなどできなかった。この三人では、とても年貢など納めることなどできず、人手を出すこともできなかった。

そこで風間一族の主立った者たちが集まって話し合い、小太郎が一人前になるまで田畑を村の名主預かりとすることに決めた。名主が小作人を派遣して田畑を耕作させ、その収穫から年貢と棟別銭を納める。残りは名主のものとなる。公役については、風間一族の家々が持ち回りで下人を差し出すことに決めた。

おかげで小太郎一家は年貢や公役の負担から解放され、家を手放すことなく、その家に住み続けられることになったのである。

しかし、食い扶持は自分たちで稼がなければならない。いくら同じ一族とはいえ、年貢や公役を肩代わりした上、食い物の世話までするほど親切ではないし、そんな余裕もない。それで小太郎が寺の雑務をこなしたり、他の農家に雇われたりしているわけであった。

五平が亡くなった翌年、加代は奈々を産んだ。産後の肥立（ひだ）ちが悪く、そのまま亡くなった。八重が子供たちの世話をしたが、腰痛が悪化して立ち居振る舞いが不自由になったので、去年、六蔵の屋敷に引き取られた。今は小太郎と奈々が二人で暮らしている。そんな身の上話を、小太郎は淡々と話す。

「さぞ、わしを恨んだことであろうな」

宗瑞の目には涙が滲んでいる。

「なぜ、わたしが韮山さまを恨むのですか?」

小太郎が不思議そうな顔をする。

「五平は、わしに尽くして命を落とした。にもかかわらず、残された妻や子のために、わしは何もしてやらなかった。五平も冥土でわしを恨んでいることであろう」

「そんなことはありません。あと何年かすれば田畑を名主さまから返してもらうことができます。他の国ではあり得ないことだと叔父が申しておりました。よその国では、親を失った子供は家も土地も悪人に奪われ、人買いに売り飛ばされるのが珍しくないそうです。わたしと妹がそんなひどい目にあわずにすんだのは韮山さまのおかげです。韮山さまが正しい掟を作り、その掟が行き渡り、皆がその掟を守っているおかげで、誰も非道な振る舞いをしないのです」

「韮山さま、小太郎は心から、そう思っているのです。人並み以上に苦労してきたでしょうが、幸い小太郎も奈々も無事に成長しました。これまでの苦労は、小太郎をたくましくするための肥やしになったのではないか、そんな気がいたします」

以天和尚が口を挟む。

「そう言ってもらえると、少しはわしの気も楽になるが……」

「苦労しながらも、小太郎の学問は目を瞠るほどに進みました。過ぎたことを振り返るより、これから先のことを考えることこそ大切であると存じます。小太郎よ、先達て、わしが話したことだが、よく考えてみたか？」

「仏門に入り、京で修行せよというお話ですか？　わたしなどにはもったいないような、ありがたいお話だと思いますが、やはり……」

「断るというのか？」

「はい」

自分一人を頼りにして生きている幼い妹を置いて遠くに行くわけにはいかない、と小太郎は首を振る。

「頑固よなあ」

以天和尚は苦笑いをし、小太郎を下がらせる。

二人きりになると、

「小太郎には仏門に入る気持ちがありません。あのような頑固者です」

以天和尚が溜息をつく。

宗瑞は腕組みして、しばらく考え込んでいたが、やがて、

「明日、城から『太平記』を届けさせます。寺仕事も野良仕事もさせず、どこか静かな一

室を与え、ひたすら読ませていただきたい。仕事を休む間、米と銭を与えましょう。読み終わった頃に、また訪ねてきます。そうですな、五日ほど後に。小太郎をどのような道に進ませるべきか、それから考えることにします。命まで投げ出して尽くしてくれた五平の忠義に報いるためにも、小太郎の先行きを真剣に考えるつもりでおります」

四

宗瑞には、自分が伊豆・相模の支配者となったことで、農民たちの暮らしが楽になったという自負がある。気懸かりなのは、自分の死後である。

氏綱の代は安泰だろう、と思う。

幼い頃から厳しく教育してきた甲斐があって、政（まつりごと）を行うにあたっての考え方も道理にかなっているし、戦も下手ではない。出来のいい二代目と言っていい。

問題は、その次である。

氏綱の嫡男・伊豆千代丸（いずちよまる）は、まだ四歳の幼児である。

伊豆千代丸が氏綱の後を継ぐのは、ずっと先のことである。そんな先のことを考えても仕方がない、とは宗瑞は思わない。どれほど先のことであろうと、いずれ、その日はやって来るのだ。その日に備え、念には念を入れて思案を重ねるのが宗瑞の性分なのだ。自分が生きているうちに何か手を打たねば、と考えている。

隠居したので時間もあることだし、自分の手許に置いて伊豆千代丸を教育するのが最善の方法だとわかっているが、四歳の幼児に政や戦のやり方を教えたり、君主としての心構えを諭したりしたところで理解できるはずもない。老いた宗瑞には伊豆千代丸の成長を待つだけの余裕もない。伊豆千代丸本人を教育できないのであれば何ができるのか……ひたすら、そのことを考え続けている。

「早雲庵さま」

持仏堂の外で声がした。

伊奈十兵衛である。宗瑞が隠居してからも、韮山城で宗瑞のそば近くで仕えている。

「十兵衛か。どうした？」

「御屋形さまがお着きになられました。若君もご一緒でございます」

「伊豆千代丸も一緒だと？」

「はい」

持仏堂を出て本丸に向かいながら、

「香山寺で面白い子に会ったぞ」

「それが掘り出し物でございましたか」

「うむ。それがな、風間五平の倅であったよ。小太郎という子でな、年齢は十三」

「ほう、風間五平の倅でございますか」

十兵衛も驚いた顔になる。

「少し話しただけなので何とも言えぬが、あまり五平に似た感じはしなかった。六蔵にも似ていない。以天和尚が掘り出し物というほど学問のできる子がそうそういるはずもないが」

「それほど学問ができますか」

「できるな。風間五平ほど役に立ち、しかも、忠義を尽くしてくれる者はいなかった。五平に学問が備わっていたら、今頃は小田原城に出仕して氏綱を支えていたかもしれぬ」

「その小太郎という子ならば、それができるとお考えなのですか?」

「氏綱を、というのではないぞ。まだ十三の少年に過ぎぬし、学問ができるだけでは、どうにもならぬ。じっくり育て上げて、できるならば、伊豆千代丸を支えてほしいと思うておる」

「五平の倅がそれほどの器であるかどうか。その子に期待する気持ちはわかりますが、あまり期待しすぎるのもどうか、と」

「わかっておる。心配せずともよい。小太郎に『太平記』を読ませることにした。明日、届けよ」

「この目で、しかと器量を見極めて参ります」

「余計なことを言うてはならぬぞ。何も説明せずに『太平記』を読ませるのだ。その上で、わしはもう一度、小太郎に会うつもりでいる」

「はあ、何も言ってはなりませぬか」

「うむ、ならぬ。そう心得よ」

「黙って届けてまいります」

「それでよい。ふふふっ、今宵は久し振りに伊豆千代丸と一緒に風呂にでも入るかな」

「伊豆千代丸さまですが……」

「どうかしたのか？」

「ずっと泣いておられます」

「ん？　なぜ、泣いておる」

「御屋形さまに厳しく叱られたそうなのです」

「伊豆千代丸が氏綱に叱られるような悪さをするとも思えぬが」

宗瑞が首を捻(ひね)る。

「実は……」

小田原から韮山に来る途中で休息を取ったとき、伊豆千代丸が人形遊びをしているのを氏綱が目に留め、その人形を取り上げて捨てた。それから伊豆千代丸は乳母のお福(ふく)にしがみついて泣き続けているという。

「ほう、あの人形か……」

二年くらい前のことだが、伊豆千代丸の夜泣きがひどく、お福が添い寝してもむずかってばかりいるので、お福が一計を案じ、あり合わせの布切れで小さな人形を拵えて伊豆千代丸に与えた。

「今夜からは金時が一緒でございますから若君も淋しくございませんね。泣いてばかりいると金時に笑われますよ」

「この子、金時というの？」

「足柄山から若君のところに遊びに来たそうでございます」

「ふうん、金時か……」

それ以来、伊豆千代丸はいつも金時を懐に入れて持ち歩くようになり、夜泣きもしなくなった。

「伊勢氏の嫡男ともあろう者が人形などを持ち歩くとは女々しいことよ」

氏綱はいい顔をしなかったが、そのうちに飽きるだろうと高を括っていた。

だが、二年経った今でも伊豆千代丸は金時を肌身離さず持ち歩いている。

氏綱は頭が固くて面白味のない男だから、目の前で伊豆千代丸が金時と戯れるのを見て腹に据えかねたのに違いない、と宗瑞は察した。

「無体なことをするものよ……」

伊豆千代丸には荒々しく乱暴なところはまるでなく、おっとりして優しく、見た目も女の子のようにかわいらしい。泣き虫で、すぐにめそめそする。

そんな伊豆千代丸が宗瑞は愛おしくてならないが、氏綱からすれば、歯がゆくもどかしいのであろうと察せられる。氏綱の気持ちもわからないではないが、宗瑞としては、やはり、伊豆千代丸に味方したいのが本音だ。氏綱に頭ごなしに叱られ、大切な人形を捨てられたとなれば、さぞや伊豆千代丸が嘆き悲しんでいるであろうと胸が痛むのである。

「ずっと泣き続けておられ、病になってしまうのではないか、と皆が心配しております」

「氏綱は?」

「幼子のこと故、そのうちに疲れて泣きやむであろう、明日にでも自分からきつく言い聞かせるから、今は捨てておけ、と」

「その気持ちもわかる。わし自身、氏綱を厳しく育て、時には辛く当たったものだからな。しかし、駄目だな、十兵衛。わが子に辛く当たることはできても、孫に辛く当たることはできぬ。今の話を聞いただけで、目に涙が滲んできた」

「ならば、金時を呼び戻されてはいかがですか?」

「何だと? こいつ、最初から、そのつもりでおったな」

宗瑞が睨む。

「申し訳ございません」

十兵衛が懐から小さな人形を取り出す。金時だ。

「御屋形さまが捨てたのを、こっそり大道寺さまが拾ったそうです。御屋形さまのお怒りも激しいので、金時のことを口にすることもできず、しかしながら、若君の哀れなご様子を見れば、このままにもしておけず、途方に暮れて、わたしが相談を持ちかけられたというわけでして……」

「わしに何とかしろということか」

「御屋形さまを宥められるのは早雲庵さま以外にはおられませせぬ」

「隠居が子育てにまで口出しすれば、氏綱とて愉快ではあるまいに」

宗瑞が小さな溜息をつく。

「ならば、仕方ございませんな。金時を大道寺さまに返しましょう」

十兵衛が金時を懐にしまおうとすると、

「待て」

宗瑞が金時を十兵衛の手から奪い取る。

「伊豆千代丸を泣かせ続けることはできぬ」

五

（ああ、泣いておるわ）

伊豆千代丸の泣き声が廊下に洩れている。

「おかしいのう。ここに泣いている子がおるらしい。おまえの探している伊豆千代丸は泣き虫ではないはずだが……。ここにはいないのかもしれぬなあ」

宗瑞が笑顔で座敷に入る。

伊豆千代丸がお福の胸にしがみついて、しゃくり上げるように泣いている。

「泣いているのは伊豆千代丸であったわ。せっかく金時が遊びに来たのに、こんなに泣いてばかりいるのでは無理なようだ。足柄山に帰った方がいいのではないかな、金時よ」

宗瑞が「金時」という言葉を発すると、伊豆千代丸がハッとしたように宗瑞を見る。

宗瑞が懐から金時を取り出すと、

「あ、金時」

伊豆千代丸が転がるように宗瑞の足に飛びつく。

宗瑞は伊豆千代丸をひょいと抱き上げると、

「もう泣いてはならぬ。金時に笑われるぞ」

「はい」

金時を受け取りながら、伊豆千代丸が涙目でうなずく。

「さて、機嫌が直ったところで、じじと物見台にでも登ってみるか」

「金時も一緒にね」

「ああ、そうだったのう。金時も一緒にな。では、三人で行くか」

「うん、行く」

伊豆千代丸がこっくりうなずく。

お福に目配せすると、宗瑞は伊豆千代丸を抱いて廊下に出る。

そこに氏綱が険しい表情で立っている。

伊豆千代丸が怯(おび)えたように宗瑞の首にしがみつく。

「父上」

氏綱が詰め寄ろうとするのを、宗瑞は右手を挙げて制し、

「わしのためと思うて堪えよ。わしの頼みじゃ」

「……」

氏綱は不満そうに口を尖(とが)らせたが、何も言わなかった。

物見台からは韮山全域を一望の下に眺め回すことができる。西の空が茜(あかね)色に染まり、夕日が韮山の田園地帯を照らしている。

「きれいだね、おじいさま」

「うむ、そうじゃな」

伊豆千代丸にとっては、どこにも争いのない、この平和な光景は当たり前だが、宗瑞にとっては、そうではない。この平和は自然の賜物(たまもの)などではなく、宗瑞が武力を駆使して手

に入れたものである。多くの者たちが血を流し、命を失った。その者たちの犠牲の上に築かれた平和なのだ。

伊豆や相模の周辺国では、依然として絶え間なく戦いが続いており、それらの戦いに、いつ伊勢氏が巻き込まれてもおかしくない情勢である。

（こののどかな光景は力で守らねばならぬ）

それが伊勢氏の使命であり、伊勢氏の家督を継ぐ者は、その重い使命を背負っていかなければならない。宗瑞から氏綱へ、そして、氏綱の次には伊豆千代丸が背負わなければならないのだ。

六

翌朝、十兵衛は小者に『太平記』を背負わせ、香山寺に向かった。

門前を掃いている小僧に、

「小太郎は、どこにいる？」

「庫裏の裏で薪を割っております」

「わかった」

以天和尚に『太平記』を渡すように小者に命じると、十兵衛は小太郎に会いに行く。

（ほう、あいつか……）

思っていたより小柄で頼りない感じだ。力がありそうにも見えない。薪を割るのものろくさい。おれなら、あの倍の速さで薪を割ることができる、と十兵衛はにやりと笑う。

「おまえが風間の小太郎か」

「どなたでしょうか？」

薪を割る手を止めて、小太郎が訊く。

「おれは伊奈十兵衛という。早雲庵さまにお仕えしている者だ」

「そううんあん？」

「韮山さまのことだよ」

「あ」

慌てて姿勢を正す。宗瑞に仕えている者ならば、身分が高いと察したのだ。

「おまえ、学問が得意なのか？」

「得意というわけでは……」

「では、苦手なのか？」

「そうではありませんが……」

「おれは曖昧な物言いが好きではない。得意なのか、苦手なのか、はっきり答えろ」

「ならば、得意だと申し上げておきます」

「学問の他に何ができる？」

「他にと言われましても……」

「風間五平の倅なのだろう。五平は忍びの名人だったというではないか。おれは忍びがどういうものかよく知らないが、幻術を使うと聞いたことがある。おまえも幻術が使えるのか？」

「幻術など使えません。そういうことは何も知らないので……」

「ふんっ、何も知らないのか。ならば、剣術はどうだ？　得意か」

「苦手です」

「ほう、はっきり言ったな。学問だけの頭でっかちで、刀など握ったこともないか」

「木刀の素振りならば、毎日続けております」

「どれくらいだ？」

「朝、仕事に出かける前と、夜、寝る前に五百回ずつ素振りをしています」

「ふうむ、素振りを五百回か……。おい、その薪をこっちに放り投げてみろ」

「え？」

「早くしろ」

「はあ……」

小太郎が薪を十兵衛に向かって放り投げる。

次の瞬間、十兵衛の刀が一閃し、薪が真っ二つになる。小太郎の目には、そう見えた。

しかし、地面に落ちた薪は三つに割れている。薪が空中にあるうちに、十兵衛は薪を二度切ったことになるが、小太郎には見えなかった。

「どうだ、おまえにもできるか?」

「……」

黙って首を振る。驚きのあまり、言葉が出てこない。

「素振りだけでは駄目だぞ。何もしないよりはましだろうが、それだけでは使い物にならぬ。おまえ、刀が何をする道具かわかっているだろうな?」

「戦に使う物です」

「そうだ。戦で使う。人を殺す道具だ。刀で敵を斬る。斬って、殺す。どうすれば、敵を斬ることができると思う? 敵だって、おとなしく斬られるわけではない。死に物狂いで立ち向かってくる。こっちが斬られるかもしれない。敵を殺して自分が生き残るには、どうすればいい?」

「……」

「簡単だ。敵の刀がこっちの体に触れる前に敵を斬ればいい。だから、太刀筋は速ければ速いほどいい。人を殺したことはあるか?」

「ありません」

「おれはあるぞ。何度も人を殺したことがある。だから、今でも生きているんだ。人を斬るのは大変だぞ。斬るにしても、刺すにしても、力がいる。ひとつ教えてやる。これからは素振りをするのではなく、人の体と同じくらいの太さの木を撃ち据えるがいい。森でそういう木を探してきて地面に埋める。その木を敵だと思って、ひたすら木刀を叩きつけろ。最初のうちは手や腕が痺れて、まともに撃つことなどできないだろうが、鎧を身に着けた敵と戦うのは、ちょうどそんな感じなんだ。何も考えずに木刀で撃つのではなく、敵と戦っているつもりでやらなければ駄目だぞ」

「待って下さい。なぜ、わたしが鎧を着けた敵と戦わなければならないのですか？」

「敵が韮山に攻め込んできたら、どうする？　逃げるか、それとも戦うか？」

「たぶん、戦うと思います。家族がいますから」

「そうだろう」

十兵衛が大きくうなずく。

「おれだって人殺しが好きなわけではない。そうしなければ自分が殺されるからやるだけだ。おまえだって、自分や家族の命を守るために刀を手にして戦うことがあるかもしれぬ。どうせ素振りをしているのならば、いざというとき役立つように鍛錬する方がいいではないか。違うか？」

「確かに……」

そううなずいてから、

「あの……わたしに剣術稽古の心得を教えて下さるためにいらしたのですか？」

「ん？　そうではない。余計なことをしゃべりすぎた。早雲庵さまに叱られてしまう」

十兵衛が急に慌てる。

「何をしておられる？」

以天和尚が庫裏から呼びかける。

「そちらに行こうとしていたところです」

「ああ、そうでしたか。小太郎、話したいことがあるから薪割りの手を休めて奥に来なさい。井戸で手と顔を洗ってからな」


四半刻（三十分）ほど後……。

小太郎が以天和尚の部屋にやって来る。

部屋には十兵衛もいる。

「今日から、それを読むようにと韮山さまがお命じになられた」

以天和尚が壁際に積み上げてある書籍を指差す。

「それは『太平記』だ。読んだことはあるか？」

十兵衛が訊く。

「いいえ、ありません。南北朝の争いを描いた軍記物語であることは知っています」

「その通りだ。面白いぞ」

「でも、寺の仕事もあるし、畑仕事もあるし……」

「韮山さまが米を下さるから暮らしの心配はない」

「なぜ、韮山さまがこのようなことを……？」

「何かお考えがあるのであろう。素直にお言葉に従うべきだと思うぞ」

「はい」

小太郎はうなずくしかない。

七

五日後、宗瑞が十兵衛を伴って香山寺にやって来た。

「和尚から聞いたぞ。三度読み通したそうだのう」

「はい」

「気に入ったか？」

「こんなに面白い書物を読んだのは初めてでした」

「そうか、そうか」

宗瑞は、にこにこしてうなずく。

「おまえが『太平記』に面白さを感じることができず、この五日間で最後まで読み通すことができずにいたら、わしは何も言わずに帰るつもりでおった。おまえが戦を好むかどうか知りたかった」

「お言葉ですが、わたしは戦など嫌いです」

「しかし、面白かったと申したではないか」

「書物に描かれた戦と本当の戦は違うと思います」

「わしの言い方がまずかったようじゃ。戦が起こったときに、戦に背を向けて逃げ出す者か、知恵を絞って戦おうとする者か、おまえがどちらの人間か、それを知りたかったということじゃ。『太平記』には戦の話がたくさん載っているが、戦ならば今の時代の方がずっと多い。戦からは逃れようがない。逃げようとしても逃げる場所など、どこにもない。至る所で戦があるからだ。自分の命や家族の命を守ろうとすれば戦わなければならぬ。戦うからには勝たねばならぬ。おまえは、まだ戦をしたことがあるまい？　本当の戦をする前に、戦について、できるだけ多くのことを学ぶべきではないかな」

「よくわかりません」

「十兵衛」

「は」

　隣室に控えていた十兵衛が長方形の平べったい箱を運んでくる。

「まずは笠置（かさぎ）じゃ」

である。

「は」

箱の蓋を開けると、十兵衛は絵図面を取り出す。畳一枚分くらいありそうな大きなもの

「何かわかるであろうな？」

「後醍醐帝が立て籠もられた笠置の城です」

笠置城を巡る攻防戦は『太平記』における最初の大きな山場である。この城に後醍醐帝が立て籠もったのは元弘元年（一三三一）八月二十七日のことで、籠城した兵は二千五百人。攻め方の鎌倉幕府が動員した兵力は七万五千人である。これだけの兵力差がありながら、城はひと月ほど持ちこたえた。

「十兵衛、コマ」

「はい」

箱からふたつの袋を取り出す。それらの袋には赤いコマと青いコマがたくさん入っている。

「コマひとつを五百人としよう」

「……」

そう言われて、小太郎は宗瑞が何をするつもりなのか察した。

二人で笠置城攻防戦の図上演習をしようというのである。

それぞれが城方になったり、攻め方になったりしながらコマを動かす。宗瑞は勝ち負けにこだわっているわけではなく、コマを動かしながら、なぜ、そう動かすのか、そのことにどんな意味があるのかを小太郎に考えさせた。

気が付いたときには暗くなっており、小僧が明かりを運んできた。恐らく、二刻（四時間）くらいは経っていたであろう。

「どうだ、小太郎、何がわかった？」

「城方は勝てませぬ。どう足掻いても、わずか二千五百では七万五千の幕府軍に勝てる道理がないのです。しかし……」

「しかし？」

「勝つことはできなくても、負けぬことはできるかもしれませぬ」

「おおっ」

宗瑞がぽんと膝を叩く。

「そこに気が付いたか」

「はい」

絵図面に目を凝らしながら、小太郎がうなずく。

「しっかり守りを固め、敵が攻めてきそうなところに兵を集めておけば、一年や二年は……もちろん、それだけの水や食べ物があればという話ですが、何とか持ちこたえられそうな気がします」

「笠置の城も最後には馬鹿馬鹿しい理由で落ちてしまった。優れた軍配者がいれば、おまえが言うように、もっと長く持ちこたえられたはずだ」

「軍配者？」

「戦のすべてを指図する者よ」

「戦のすべてを？」

「戦というのは生き物でな。生き物であるが故に、宥めたりすかしたり脅したりしなければならぬ。それをするのが軍配者というもので、軍配者が戦をうまく操れば、時として何倍もの敵に勝つことができる。どうじゃな、面白いとは思わぬか？」

「面白いというより、恐ろしい気がします。戦の勝ち負けを軍配者が左右するということは、つまり、多くの命を軍配者が左右するわけですから」

「おまえは地獄を見たことがあるまい？」

「地獄を？」

「わしは何度も見たぞ。飢饉になると多くの者が死ぬ。都にいたとき、都大路が死体で埋まり、死体を踏まなければ御所に行くことができないこともあった。都だけではない。どこの国でも起こることだ。人が人を食らう光景など見たことがあるまい？」

「そのような恐ろしい……」

小太郎の顔色が変わる。

「何も食う物がなくなって、瘦せ衰えて頭がおかしくなってしまうと、人は獣になってしまう。飢饉になれば、そういうことが起こるのだ。わしが最初に城持ちになったのは、かれこれ三十年ほども前のことで、それは興国寺城という小さな城だった。領主になって、わしは大いに驚いたことがある。何に驚いたかわかるか？」

「さあ、わかりませんが……」

「たとえ飢饉になろうとも、領主が欲張らずに贅沢を慎み、民と共に苦しむ覚悟を決めれば、誰も餓死などせず、皆が生き延びることができるということだ。つまり、領主の心懸けひとつで民を地獄から救い出すことができるのだ。不作の年、わしの領地では誰も飢え死になどしないのに、伊豆ではばたばたと人が死んでいた。それを知って、こう思った。わしが支配する方が伊豆の民は幸せになれるのではないか、とな。おまえは韮山で生まれ、韮山で育った。今まで地獄を見たことがないという。それは幸せなことだと思わぬか？」

「そう思います」

「この先も幸せでいるには、伊豆を守らなければならぬ。わしは年寄りだ。もう老い先長くあるまい。今までは、わしが伊豆や相模を守ってきた。わしが死んだら、皆で力を合わせて守ってほしいと願っておる。今は倅の氏綱が領主だが、氏綱の後には孫の伊豆千代丸が領主になる。伊豆千代丸はまだ四歳の幼子に過ぎぬ。これから、どう育っていくのか、国を守っていくだけの器量が備わっているかどうか、わしにもわからぬ。しかし、伊豆千代丸が愚かで、領主の器でなければ国が滅びる。伊豆や相模は地獄に戻ってしまう。わしは、それが恐ろしい」

「わたしもです」

「そうならぬようにするには、どうすればいいと思う？ 運任せにすればいいのか？ 伊豆千代丸が賢く育つことを祈ればいいのか？」

「早雲庵さまや今の御屋形さまが長生きして下さることを祈ります」

「人はいずれ死ぬと決まっている。老いた者から死んでいくのが当たり前なのだ。伊豆千代丸が一人前になるまで、わしが生きているとは思えぬ。氏綱も戦で死ぬかもしれぬ。流行病で命を落とすやもしれぬ」

「では、どうすれば……？」

「たとえ伊豆千代丸が愚かであっても、賢い者が伊豆千代丸を支えてやればよい。すなわち、優れた軍配者がそばにいれば、そう簡単に国が滅びることはあるまい。小太郎、わしはおまえに伊豆千代丸の軍配者になってもらいたいのだ」

「わたしが軍配者に……」

「軍配者になるのは容易なことではない。まず、戦を恐れぬ勇気がいる。辛く厳しい学問を続け、戦に関する様々なことを身に付けなければならぬ。このふたつを併せ持たねば立派な軍配者にはなれぬのだ。一年や二年でどうにかなるものではない。少なくとも十年はかかるであろう。十年といえば、随分と先の話に聞こえるが、おまえはまだ十三、十年経っても二十三の若さだ。その頃には伊豆千代丸も元服しているであろうし、元服すれば戦にも出なければなるまい。氏綱の名代として兵を動かさなければならぬときもあろう。そのとき、おまえが伊豆千代丸を支えてやってほしい。おまえたち二人で、皆が幸せに暮らしていくことのできる国を守ってくれぬか」

「……」

　小太郎は呆然として、言葉を発することができない。

「戸惑うのも無理はない。わしが話したことがどういうことなのか、その意味は今すぐにはわかるまい。いつか納得できる日が来るであろう。それまで、この笠置攻めでやったようなことを続けてみぬか？」

「それは構いませんが……」

「赤坂城の絵図面を出せ、十兵衛」

　宗瑞と小太郎は赤坂城を巡る攻防戦の図上演習を行った。

「ふむ、『太平記』に関しては、あとは船上合戦と湊川合戦あたりをやればよかろう。明日、『孫子』『平家物語』『吾妻鏡』を届けさせる。わしは明後日、また来る。一日おきに、こうして遊ぼうではないか。さて、出かけるか、小太郎」

「どこに行くのですか？」

「軍配者になるには学問をしなければならぬと話したが、難しい書物を読むことばかりが学問ではない。それを教えてやろう」

八

宗瑞は小太郎と十兵衛を連れて、村外れの農家に出かけた。そこには吉兵衛という隠居がいる。

宗瑞が言うには、吉兵衛は伊豆で一番の観天望気の名人だという。空を見上げて雲の動きを眺めたり、肌で風を感じて、風の向きや湿り気から、天気がどう変わっていくか、正確に予想することができるのだという。明日から、寺に行く前に吉兵衛と一緒に外歩きして観天望気を学べ、と宗瑞は命じた。

翌朝から、軍配者になるための訓練が始まった。

始まりは剣術の稽古である。

十兵衛が用意してきた太い木を地面に立て、それを敵だと思って、木刀で撃つのである。

毎日五百回撃て、というのが十兵衛の指示である。

一度に五百回撃つだけの時間がないし、五十回を過ぎたあたりから腕が痛くなってきたので、とりあえず百回撃ち、残りは夜にやろうと考える。奈々に朝飯を食べさせて、急いで吉兵衛の家に向かう。
　吉兵衛は朝早くから外歩きをする。
　時々、足を止め、じっと空を見上げる。時たま、つぶやくように観天望気の心得やコツ
をさりげなく小太郎に教えてくれる。
　それが終わると寺に行き、読書に励む。
　まず『孫子』を、次に『平家物語』を、その次は『吾妻鏡』という順で読んでいく。読
書は好きだから、少しも苦にならない。むしろ、大好きなことをして米をもらえるという
ことに後ろめたさを感じるくらいだ。『吾妻鏡』を読み終わったら『史記』を読むことに
なっている。それが楽しみでならない。
　一日おきに宗瑞は香山寺にやって来る。小太郎と図上演習をするためだ。単に勝ち負け
を競うのではなく、どうすれば、より効果的に、しかも、確実に勝利を収めることができ
るかを二人で検討する。納得できる結論に達するまで延々と議論が続く。
　戦について語るとき、宗瑞は常に『孫子』を引用する。この書物には、戦に必要な事柄
や心構えが網羅されており、どのような作戦を立てる場合にも、必ず『孫子』を土台にす
るべきだというのが宗瑞の信条なのだ。
　共に過ごす時間が増えるにつれ、小太郎は宗瑞という人間を心から尊敬するようになっ
た。なぜ、十兵衛が宗瑞のそばを離れないのか今なら理解できる気がする。本来ならば、

伊奈家の当主である十兵衛は、伊豆か相模で城を預かり、主として数百人の家臣を従えていてもいい立場なのである。その十兵衛が身ひとつで献身的に宗瑞に仕えている。宗瑞が好きでたまらないから、そうしているのだ。

小太郎も同じ気持ちなのである。できることなら、宗瑞と過ごす時間が永遠に続けばいいと願うほどに、楽しく満ち足りた日々が続いている。

宗瑞の教えは理想論でもなく、机上の空論でもない。すべて宗瑞自身の経験に裏打ちされている。

民のために生きねばならぬ、平和な国を守るために戦わなければならぬ、という教えは、宗瑞が国守として実践してきたことである。

軍記物や兵書を素材にして図上演習するとき、しばしば宗瑞は、

「そうは、ならぬのう。なぜなら、人は間違っていると承知しながら、間違った道を進むことがあるからだ」

「目の前に敵がいると、誰でも腰が引ける。逃げたくなる。ここで進めば勝てるとわかっていても、そうなってしまうのだ」

「戦は生き物だ。戦をしているのは人間だということを忘れると、思わぬしくじりを犯すことがある」

口を酸っぱくして小太郎に教えた。

その言葉に素直にうなずくことができるのは、宗瑞が武将として数多くの合戦を勝ち抜いてきたことを小太郎も知っているからであった。宗瑞ほどに戦の本質を知り抜いている者は他にいない。

その宗瑞が己の知識と経験のすべてを小太郎に注ぎ込もうと情熱を傾けている。小太郎の胸が熱くならないはずがなかった。

半年後……。

軍配者になるための修業を本格的に始めるために小太郎は下野(しもつけ)の足利学校に行くことになった。その話が出たとき、いかに宗瑞の命令とはいえ、小太郎もすんなり承知したわけではない。

奈々を置いていくことが心配だったからだ。

宗瑞は奈々を韮山城に引き取り、侍女たちに世話をさせる、と約束した。自分に何かあったときのために十兵衛を後見人に指名してもよい、とも言った。

そこまで言われれば、小太郎も断ることはできなかった。黙って宗瑞の指図に従うのみである。

出発の前日、小太郎は香山寺に以天和尚を訪ねた。

その席には宗瑞と十兵衛もいた。

「この半年、おまえはよう努めた。最初に出会ったときより、一回りも二回りも人として大きくなった気がする。もはや、わしが教えられることはない。足利学校には優れた者たちが諸国から集まって、一人前の軍配者になるために切磋琢磨している。そのような者たちの中で揉まれることで、おまえは更に大きく育つことができよう」

宗瑞は懐から折り畳んだ紙を取り出し、小太郎の前に広げた。「青渓」と墨書されている。足利学校で学ぶ者は僧形となり、法号を名乗る必要がある。その法号を宗瑞が考えてくれたのだ。

「わしにしてやれるのは、これが最後であろう。あとは、おまえにがんばってもらうしかない」

「精一杯、学問に励む覚悟です。きっと一人前の軍配者になって伊豆に戻ってきます」

「その日を待っておるぞ」

宗瑞は身を乗り出し、小太郎の手を両手で包み込むように握る。小太郎を見つめる宗瑞の目が微かに潤んでいるのを見て、小太郎の目から涙が滂沱と溢れる。

永正十六年（一五一九）二月、小太郎は足利に向けて旅立った。

九

「何だか、淋しそうなお顔に見えますが」

十兵衛が宗瑞の横顔を見つめながら言う。

「そう見えるか」

宗瑞はあまり顔色がよくない。窶れた様子で、頬骨が浮き上がるほど肉が落ちている。

「どうしているかのう、小太郎は」

「生真面目な奴ですから、ひたすら学問に励んでいるのではないですか」

「学問好きは、よいことよ」

宗瑞の口許に薄い笑みが浮かぶ。

小太郎が足利学校に旅立ってから、ふた月ほど経っている。

張り詰めていた緊張が緩んだのか、そのふた月の間に宗瑞は風邪をこじらせて二度寝込んでいる。元々、食は細い方だが、寝込んでいるときはまったく食べることができず、無理して食べてもすぐに吐いてしまった。そのせいで、かなり痩せた。若い頃から筋肉質で、引き締まった体をしていたが、今は贅肉だけでなく筋肉も落ちてしまい、骨と皮ばかりになっている。

そんな宗瑞の様子を見ていると、

（風邪などではなく、もっと重い病にかかっておられるのではないだろうか……）

と、十兵衛は心配になり、

「養生なさって下さいませ」

と勧める。

「わしがいくつだと思っている？　もう六十四だぞ。悪いところがあって当たり前ではないか。年を取れば、誰でも悪いところのひとつやふたつは出てくる。悪いところが増えて、どうしようもなくなると死ぬのだ」

宗瑞自身は体調不良を何とも思っていないらしい。

「悪いところがあるのなら、それを治してはいかがですか？」

と勧めても、

「もう十分に長生きした。もっと長く生きたいなどという欲はない。天命に従うのみよ」

口は達者だが、明らかに体力は落ちており、日課にしていた領地の見回りもしなくなった。その代わり、一日に何度か物見台に登って韮山を眺めるようにしている。

「御屋形さまときちんと話されてはいかがですか？」

「何を話せというのだ？」

「長旅などできる体ではない、と」

「大袈裟なことを言うな。小田原に行くだけではないか」

「それだけでは済みますまい。鎌倉あたりまでは行くことになるのではないですか？」

「かもしれぬ。しかし、わしが行かねばどうにもなるまい」

宗瑞が厳しい顔でうなずく。

三年前に三浦氏を滅ぼしてから、宗瑞と氏綱は、一気に武蔵を攻めるのではなく、上総の真里谷武田氏との連携を深めることで房総方面と相模方面から武蔵を挟撃するという遠大な計画を立てた。伊勢氏が単独で戦うには、両上杉氏はまだまだ強大すぎる敵だと認識していたからだ。

真里谷武田氏は下総の原氏と長きにわたって抗争を続けている。一時期かなり劣勢となり、だからこそ、頭を垂れて宗瑞に力添えを頼んだ。宗瑞が承知し、真里谷武田氏の後押しを始めたことで、徐々に形勢は好転し、今では原氏を圧倒する勢いを得ている。このまま真里谷武田氏が原氏を滅ぼすことに成功すれば、真里谷武田氏の勢力圏が武蔵との国境にまで及ぶことになる。そうなれば、武蔵を挟撃するという宗瑞と氏綱の計画が現実味を帯びてくる。

真里谷武田氏からは、原氏の息の根を止めるために、ぜひ援軍をお願いしたい、と何度となく要請されている。実際には、これまで何度か援軍を送っているが、その数は、三百から四百くらいに過ぎず、当然ながら真里谷武田氏としては物足りなさを感じている。伊勢氏としても、いつまでも中途半端な援軍を送ってお茶を濁すわけにもいかないし、現在の情勢を考えると、大軍を送れば、原氏を滅ぼすことができるかもしれない。機は熟した、と判断した氏綱は自らが大軍を率いて渡海することを決断した。

その時期は七月の初めと決まり、着々と遠征の準備が進められている。

氏綱が遠征している間、小田原で留守を預かって欲しい、と宗瑞は頼まれている。氏綱が家督を継いでから、本拠を小田原と定めたから、韮山にいたのでは政ができないのだ。

領地の見回りすら控えているときに、わざわざ小田原まで出向いて氏綱の代わりを務めるのは、本音を言えば億劫だが、氏綱からぜひにと頼まれたので断ることもできなかった。

「小田原に出かけるまでに力を取り戻さなければなりませぬ。無理せず、養生なさらねば」

「わかっておる。十兵衛よ、この頃、おまえは口うるさくなってきたな。田鶴ですら、それほどうるさくはないぞ」

「うるさく言わねば、聞いて下さらぬからです。わたしが言わねば、誰が言うのですか？」

十兵衛は一歩も退かない。

「わかった、わかった。そんな怖い顔をするな」

宗瑞が苦笑いをする。

「ひと月ほどは、おとなしく養生し、それから小田原に行くとするか」

「それでも早すぎる気がしますが」

「伊豆千代丸にも会いたいし、下総でどういう戦をするつもりなのか氏綱の考えも聞かねばなるまい。余裕を持って出かける方がいい」

「どれほど力が戻るか、それを見てから考えることにいたしましょう」

「好きにしろ」

宗瑞が韮山の村々に目を向ける。

茜色の夕空に、炊事の煙が幾筋も立ち上っている。

のどかで美しい光景である。

その光景を眺めながら、

（この土地で暮らす者たちがいつまでも幸せでいられるようにしてやらなければならぬ）

と、宗瑞は改めて心に誓った。

十

「父上、後のことをよろしくお願いいたします」

「うむ」

氏綱は宗瑞に深く頭を垂れると、船に乗り込む。

永正十六年（一五一九）七月初めである。

真里谷武田氏の要請に応じ、伊勢氏はこれまでにない大軍を上総に渡海させることを決めた。三浦半島の最南端、城ヶ島（じょうがしま）に数百艘（そう）の船と、夥（おびただ）しい兵糧や武器、それに三千近い兵が集められた。氏綱が率いて渡海するのだ。

伊勢氏がこれほど大規模な軍事行動を起こすのは、三浦氏を滅ぼしてから初めてで、およそ三年ぶりのことになる。

宿敵・三浦氏を滅ぼし、相模全域を支配下に収めることに成功したものの、その代償は小さくなかった。多くの兵を失い、戦費がかさんだことで財政は破綻寸前にまで追い込まれた。伊勢氏も疲弊したのである。国としての体力を取り戻すために、宗瑞と氏綱は外征を控え、内政に専念した。

その努力が実を結び、ようやく他国に大軍を送ることができるほどの力が戻った。

氏綱自身が大軍を率いて渡海するということに、この遠征に賭ける並々ならぬ氏綱の意気込みが表れている。一年前に家督を継ぎ、氏綱は伊勢氏の当主となった。当主として初めて采配を振ることになるのだ。血が昂(たか)ぶるのも無理はない。

氏綱は三十三歳、嫡男の伊豆千代丸は五歳である。

幼い伊豆千代丸が留守を預かるのは不可能だから、どうしても隠居の宗瑞に頼むしかなかった。そういう事情を宗瑞も承知しているので、体調面に不安を感じないわけではなかったが、留守役を快く引き受けた。

当初、小田原で氏綱を見送るつもりでいたが、いざ氏綱が出発することになると、やはり、心配で落ち着かず、城ヶ島までついてきた。

「無理をなさいますな、と何度も申し上げておりますのに」

十兵衛は顔を顰(しか)め、遠出するのはやめた方がいいと止めたが、

「体の具合も悪くない。よい気晴らしになるであろうよ」

と、宗瑞は考えを変えなかった。

体調がいいというのは本当で、小田原に赴く前、韮山で無理せず静養したのがよかったのか、血色もよくなり、頬骨が浮いて見えるほど痩せていたのに、いくらか体重も増え、今では頬もふっくらしている。

城ヶ島まで宗瑞が同行してくれるのは氏綱にとってもありがたいことだった。陸路を辿るのと違い、海を渡っていくことには様々な危険が伴う。集められた船は、小舟と呼んだ方がいいようなちっぽけな船がほとんどで、波が荒れたり、風が強かったりすると、いつ転覆するかわからないほど不安定になってしまう。万が一、嵐にでも巻き込まれたら、たちまち転覆して波に飲み込まれてしまうような代物だから目的地に着くまで少しも油断できないのだ。

不測の事態が発生すれば、船団は直ちに城ヶ島に引き返すことになる。そのとき宗瑞が城ヶ島にいてくれれば、氏綱にとって、これほど心強いことはない。

つまり、宗瑞は、単に氏綱の船出を見送るだけでなく、船団が無事に目的地に着いたという知らせが届くまで城ヶ島に滞在しなければならないわけであった。

と言っても、何事もなければ、せいぜい半日くらいで海を渡ることができるから、翌日には知らせが届くはずである。それ故、二日か三日滞在すれば十分で、無事に渡海したこ

とを確認したら、さっさと小田原に帰ればよさそうなものだが、

「せっかくだから、しばらく、ここにいるとしよう」

と言い出した。

なぜ、そんなことを宗瑞が言い出したかといえば、三浦半島の南、三崎海岸一帯は、古来、景勝地として知られていたからである。

特に宗瑞が誰よりも尊敬する源頼朝がこの土地を愛し、宝蔵山に山荘まで築いて、しばしば訪れたと伝えられている。その山荘は「三崎御所」とか「三崎山荘」として『吾妻鏡』にも出てくる。

頼朝以来、代々の鎌倉将軍たちは、花の美しい季節を選び、毎年、三崎の地を訪れ、詩歌管弦や舟遊びを楽しんだという。

「一度くらい、わしもそういう遊びをしてみたい」

と、宗瑞は言うのであった。

体調がいいとはいえ、所詮、それは一時の小康を得ているに過ぎないと自分でわかっている。齢を重ねて気力と体力が衰えてきたところに、戦いに明け暮れて体の奥底に沈殿した積年の疲労が溶け始め、少しずつ生きる力を奪い始めている。

せっかくの折りだから、頼朝に倣って物見遊山でもしてみようか、と宗瑞らしくもないことを言い出したのは、

（この土地を訪れることは二度とないであろうよ）

という予感めいたものを感じたせいであったろう。

船団が出発した翌朝早く、氏綱の使者を乗せた速船が城ヶ島に着いた。船団は無事に目的地に着いたものの、船酔いに苦しむ兵が多いため、すぐには動かず、海岸近くで二日ほど野営することにした、という報告であった。

「よし、これで羽を伸ばすことができるな」

宗瑞が笑う。

「ほどほどになさいますように」

十兵衛は、にこりともしない。

「わかっておる」

氏綱の代理を務めるという責務を負っているから、あまり長く遊んでいるわけにはいかない。三日ほど物見遊山したら小田原に帰るつもりでいる。

早速、宗瑞は山歩きを始めた。以前に比べると足腰も弱っているから、ずっと歩きづめというわけにもいかず、疲れると馬に乗る。馬に乗るとなれば、馬の世話をする小者も何人か従えなければならないし、三浦の残党が身分を隠して潜（ひそ）んでいるという噂もあるから、護衛の武士も十人くらいは連れ歩かなければならない。

韮山であれば、小者一人を従えるだけで、どこにでも出かけることができたが、さすがにここでは、そのやり方は通用しない。何だかんだと二十人以上の者たちを引き連れての物見遊山となった。

最初は仏頂面をしていた十兵衛も、三崎周辺の美しい風景を目にすると、

「当たり前のことですが、土地が違うと風景も違うものなのですなあ」

などと感心し、機嫌もよくなった。

「そうであろう。景色もよいし、食べ物もうまいではないか」

「確かに」

この土地では、いつでも獲れたての新鮮な魚介類を口にできる。それが実にうまいのだ。韮山も海からそう遠くはないが、内陸にあるので、魚を食べるとなると、どうしても干物が多くなってしまう。干物がまずいわけではないが、干物ばかりだと味気ないのも事実である。三崎では、同じ魚を食べるにしても、煮ても焼いても刺身にしても、そのうまさに驚かされる。宗瑞の言葉を十兵衛も認めざるを得ないのである。

次の日は舟に乗った。

よく晴れ渡り、波も穏やかである。

舟の上で酒と食事を楽しもうと宗瑞は考えた。頼朝を始め、鎌倉の将軍たちは詩歌管弦の遊びを楽しんだというが、生憎、その類いの遊びを宗瑞は好まない。代わりに琵琶法師を呼んだ。所望したのは『平家物語』の壇ノ浦の件である。古の平家の公達と同じよう

に、波に揺られながら琵琶法師の語りを聞くのは、なかなか乙なものだという気がした。物語の文章をまるっきり同じように語るのでは時間もかかるし、さして面白味のない部分もある。いかに取捨選択して、劇的に興味深く語ることができるか、それが琵琶法師の腕の見せどころと言っていい。宗瑞が招いた琵琶法師は、登場人物たちの台詞を中心に壇ノ浦の悲劇を語るのが得意なようであった。『平家物語』の中で最も悲痛なのは、言うまでもなく幼い安徳天皇が入水する場面である。

二位殿は主上を抱き参らせて、

「われは、女なりとも、敵の手にはかかるまじ。主上の御供に参るなり。御志思ひ給はん人々は、急ぎ続き給へや」

主上、今年は八歳にぞならせおはしませども、あはれなる御有様にて、

「そもそも尼前、われをばいづちへ具して行かんとはするぞ」

と仰せければ、

「あの波の下にこそ、極楽浄土とてめでたき都の候。それへ具し参らせ候ふぞ」

二位殿、やがて抱き参らせて、

「波の底にも都の候ふぞ」

と慰め参らせて、千尋の海にぞ沈み給ふ……

子供の頃から『平家物語』が好きで、もう何度となく読み返している。有名な場面は暗誦できるほどだ。壇ノ浦の場面もそうである。

だが、どうにも泣けてくる。泣けて仕方がない。年を取って涙もろくなっているせいもあるだろうが、それだけではない。自分自身、数えきれぬほどの合戦を経験し、時には命を失う危険にもさらされた。何とか生き長らえてきたが、そうすると命の尊さ、命のありがたさ、命の重さというものがはっきりわかる。それほど大切な命を壇ノ浦の冷たい海で散らさなければならなかった八歳の安徳帝の哀れさがひしひしと伝わってくる。安徳帝と伊豆千代丸の顔が重なって、涙が滂沱と溢れるのだ。

泣いているのは宗瑞だけではない。

十兵衛は号泣しているし、護衛の武士たちも嗚咽を洩らしている。食事の世話をする女房たちも袖で目許を押さえている。

涙のせいで目が霞んでしまう。

袖で涙を拭い、ふと空を見上げ、

（あ）

と、宗瑞は声を上げそうになる。

（伽耶……）

伽耶は宗瑞の最初の妻である。新九郎が十八歳、伽耶が十五歳で夫婦になった。鶴千代丸という子宝にも恵まれた。

だが、二人は流行病で呆気なく死んだ。

四十四年も前の話である。

大昔のこととはいえ、二人を忘れたことはない。

毎朝、持仏堂に籠もって経文を唱えるのが宗瑞の日課だが、そのときには必ず伽耶と鶴千代丸、それに二番目の妻である真砂、弟の弥次郎の冥福を祈るようにしている。

（鶴千代丸か……）

伽耶の傍らに小さな男の子が立っている。伽耶と手を繋ぎ、じっと宗瑞を見つめている。亡くなったのは、まだ赤ん坊のときで、顔は皺だらけで真っ赤だった。もちろん、まだ言葉を発してもいなかった。その鶴千代丸が成長し、伽耶と共に宗瑞を見つめ、宗瑞を手招きしている。伽耶も口許に薄い笑みを浮かべ、やはり、手招きしている。

「伽耶、鶴千代丸……」

宗瑞が立ち上がって、二人に手を伸ばそうとする。

体がぐらりと大きく傾き、あっと思ったときには船縁から海に落ちている。

韮山さま、という十兵衛の叫び声が聞こえた気もするが定かではない。息もできず、真っ暗な海の底に引きずり込まれていく。それきり何もわからなくなってしまう。

十一

「うっ……ううう……」

　宗瑞が薄く目を開ける。

「気が付かれましたか」

「おまえは……田鶴か？」

「はい。わかりますか？」

　田鶴が身を乗り出して宗瑞を見つめる。

「わしは……わしは、どこにいる？　ここは、どこなのだ？」

　宗瑞が体を起こそうとする。

　しかし、力が入らず、起き上がることができない。

「無理をなさってはいけません。横になっていて下さいませ」

「すまぬが水をくれぬか」

「少しずつ、ゆっくりお飲み下さいませ」

　田鶴が宗瑞の口に水差しをあてる。

　宗瑞は、ごくごくと喉を鳴らして水を飲む。よほど喉が渇いているようだ。

　喉の渇きが癒えて落ち着いたのか、宗瑞は大きく息を吐くと田鶴に顔を向ける。

「何があったのか教えてくれ」

「覚えておられないのですか？」

「三崎で舟遊びをしたことは覚えている。その後のことは……よくわからぬのだ」

「舟から海に落ちたのですよ」

「海に？」

「周りにいた者たちがすぐに助け上げましたが、殿は気を失っておられ、体も冷え切っていたそうです。目を覚まさぬまま、その夜からひどい熱が出て、丸二日ほど魘されていたと聞きました」

「そうだったのか。何も覚えておらぬが……。ここは三崎なのか？」

「いいえ、韮山でございますよ」

「韮山？」

「本当に何も覚えておられないのですね……」

田鶴が袖で目許を押さえる。

「教えてくれ。三崎で溺れたわしが、なぜ、韮山にいるのだ？」

「それは……」

高熱に魘されながらも、時折、目覚めては、韮山に帰るぞ、わしは韮山に帰る、と譫言のように言い続けたのだという。

宗瑞が海で溺れたことは直ちに遠征中の氏綱にも知らされ、氏綱は密かに三崎に戻った。宗瑞を見舞った折り、朦朧（もうろう）としながらも宗瑞が、韮山に帰る、と繰り返すのを聞き、目に涙を浮かべて、

「よほど韮山が恋しいのであろうな。父上の望みをかなえてやろう。馴染みのない土地で万が一のことがあってはならぬ」

いくらか熱が下がったら、宗瑞を韮山に連れ帰るように十兵衛に命じた。

「そういたしましょう」

十兵衛が素直にうなずいたのは、

（韮山さまは助からぬかもしれぬ）

という気がしたからである。

万が一、助からぬものならば、氏綱の言うように、宗瑞が最も愛した土地で死なせてやりたいと考えたのだ。

氏綱が再び渡海して房総半島に向かうと、早速、十兵衛は宗瑞を韮山に連れ帰る計画を練り始めた。

宗瑞自身が馬に乗ることは不可能だし、輿（こし）に乗せて運ぶのも宗瑞の体に負担がかかる。

となれば、舟に乗せるしかない。

海で溺れたばかりの宗瑞を、また舟に乗せるのは何となく縁起が悪いような気もしたが、

他に選択肢はなかった。

万が一にも事故がないように海岸沿いをゆっくり進むことにし、宗瑞が船酔いなどしないように長い時間は舟に乗せず、こまめに休ませるようにしようと考えた。三崎から小田原まで、海岸沿いに何ヶ所もの休憩所を設け、舟には十兵衛と医師が乗り込むことにした。急げば一日で進むことのできる距離を、四日かけてゆっくり舟で進んだ。

小田原で二日ほど休ませ、それから舟で熱海(あたみ)に向かい、熱海から韮山までは輿で運んだ。できれば小田原でもっと長く休ませたかったが、小田原に着いても宗瑞の病状は回復しなかったので二日休んだだけで韮山に向かった。小田原で死なせることはできぬ、何としても生きているうちに韮山に連れ帰らなければならぬ、と十兵衛は考えたのだ。それが氏綱から命じられたことでもあった。

「そうか、韮山にいるのか……。わしは、ずっと眠っていたのか？」

「いいえ、目を開けることはございました。でも、何もわからぬご様子で、すぐにまた眠ってしまいました。こうして話をするのは、殿が韮山に戻って初めてのことでございます。あの……」

「ん？」

「十兵衛を呼んでも構いませぬか？」

「いるのか？」

「ずっと隣の部屋に控えておりますよ」

「では、呼べ」

「はい」

田鶴が腰を上げ、襖を開けて、十兵衛、殿が目を覚ましましたぞ、入られよ、と声をかける。

やがて、十兵衛が病室に入る。

その姿を見て、

「何だ、その顔は？」

宗瑞が驚く。

十兵衛は面変わりするほど痩せこけ、顔色も悪い。

「殿の身を案じて、ほとんど眠らず、ものも食べずに詰めていたのです」

田鶴が言う。

「そうか。心配させてしまったな。すまなかった」

「……」

十兵衛は病床の傍らに坐り込むと、肩を落とし、頭を垂れて、噎び泣き始める。

「何も泣くことはあるまい」

「泣かせてやって下さいませ。ずっと心配していたので、殿が目覚めて気が緩んだのでしようから」

そう言いながら、田鶴も溢れる涙を拭っている。

十二

意識が戻ったとはいえ、宗瑞の病状が快方に向かったわけではない。自分の力では体を起こすこともできないほど弱ってしまい、宗瑞自身、

（どうやら駄目らしい）

と死期の訪れを悟った。

死を恐ろしいとは思わないし、悲しいとか辛いとか、そういう感情も湧いてこないが、何も心残りがないと言えば、嘘になる。

やはり、何より心配なのは、自分が死んだ後、伊豆や相模に暮らす者たちのことである。一代にして二ヶ国の支配者となったが、私利私欲のために為したことではない。

元はと言えば、京都にいた若い頃、流行病で妻子を亡くして自暴自棄になり、もう死んでしまいたいという瀬戸際に追い詰められたとき、自分が生きることによって、誰かを救うことができると知ったことがきっかけになっている。

伽耶と鶴千代丸を喪ったとき、一度は捨てた命である。その命を使い、他人のために生きる、弱い者や虐げられている者に力を貸す、そう心に誓った。それが二人の供養にも

なると信じた。自分など何ほどの存在でもないが、それでも一椀の粥を施すくらいのことはできる。その一椀の粥によって救われる命がある。それは自分が生きることによって誰かの命を救うことができるということである。だから、自分は生きなければならない……そう悟ったのだ。

背伸びせず、自分にできることから始めることにした。最初は一日に一椀しか施すことができなかったが、宗瑞の考えに賛同する者も増え、次第に、より多くの施しができるようになった。

それ以来、ひたすら同じようなことを繰り返してきたに過ぎないが、いつしか宗瑞は人の上に立つようになり、ついには二ヶ国の支配者として、広い土地と多くの農民を支配するようになった。

歩んできた人生を振り返ると、多くの失敗をしたし、誤った道を選んだこともあったが、全体として見れば、そうひどい間違いを犯してはいないと胸を張ることができる。伊豆や相模の農民が暮らしやすくなったという自負もある。

死期が迫り、もうすぐ死ぬだろうと承知しているが、宗瑞が死んでも伊豆や相模に住む者たちの暮らしは続いていく。彼らの暮らしを守ってやらなければならない。果たして氏綱は守っていくことができるのか、宗瑞が死んだ途端、己の欲望をむき出しにして農民を苦しめたりしないだろうか。たとえ氏綱が宗瑞の教えを忠実に守ったとしても、その後を継ぐ伊豆千代丸はどうだろう……考え出すとキリがない。

「十兵衛、おるか」

「は」

隣室から声がする。

「そばに」

「どうかなさいましたか？」

十兵衛がにじり寄ってくる。

「以天和尚を呼べ。遺言を書く」

「え」

「そう驚くことはあるまい。氏綱が来る前に遺言書を用意しておかなければならぬ」

真里谷武田氏の援軍として房総半島に渡海した氏綱は、当初の予定をかなり早めて小田原に戻った。

場合によっては、房総で年を越すかもしれぬという意気込みで海を渡ったが、ひと月も経たないうちに遠征を切り上げることを決めた。

それでも真里谷武田氏と協力して原氏との合戦に勝ち、いくつかの城を落としたから真里谷武田氏からは大いに感謝された。

その氏綱が、明日には伊豆千代丸を伴って宗瑞の見舞いに来るというのだ。

一刻（二時間）ほど宗瑞は眠った。

目を覚ますと、傍らに以天和尚が控えている。

「おお、和尚ではないか。どうなされた？　ん？　もしや、わしはもうこの世のものではないのか」

「まさか……」

以天和尚が首を振る。

「ちゃんと生きておられます」

「では、なぜ、ここに？」

「お忘れですか。韮山さまがわたしを呼んだのですよ」

「わしが……」

宗瑞が怪訝な顔になるが、すぐに、

「そうであった。以天和尚に遺言を書いてもらおうと思いましてな。頼めますか？」

「もちろんでございます」

「明日、氏綱と伊豆千代丸が小田原から見舞いに来てくれるそうでしてな。その折りに読んで聞かせたいのです」

「立派な心がけであると存じます」

「では、早速、お願いしよう。また眠ってしまうかもしれぬ故……よろしいか？」

「いつでも」

小さな文机を引き寄せ、筆を手にして以天和尚がうなずく。

「ひとつ……」

宗瑞がゆっくりと話し始める。

それを以天和尚が書き留めていく。

十三

翌日、昼過ぎに氏綱と伊豆千代丸が韮山城に着いた。二人は宗瑞の病室に向かう。病室には宗瑞と以天和尚、田鶴、それに十兵衛の四人がいる。

「もっと早く見舞いに来たかったのですが、遅くなってしまい申し訳ございませぬ」

氏綱が宗瑞の傍らに腰を下ろす。すでに目が真っ赤である。その横に伊豆千代丸がちょこんと坐る。

「よう来たのう」

宗瑞が目を細めて伊豆千代丸を見る。

「おじいさま、病などに負けず、早く元気になって下さいませ。心からの願いでございます」

「うむ、そうか、嬉しいぞ」

宗瑞も涙ぐんでいる。

「小田原からの道中、疲れたであろう。向こうで菓子でももらいなさい」

「わたしはここにいとうございます。腹は空いておりませぬし、おじいさまのそばにいたいのです」

「退屈ではないか？」

「いいえ、大丈夫です」

伊豆千代丸が懐から金時をそっと覗かせる。

「おお、金時が一緒か。ならば退屈ではないな」

「はい」

「日毎(ひごと)に力がなくなっていくのがわかる。今のうちに話しておきたいことがある」

宗瑞が氏綱に言う。

「何なりとおっしゃって下さいませ」

「遺言じゃ。昨日、以天和尚に書き取ってもらった。和尚、読んでくれぬか」

「はい」

以天和尚は氏綱を見て、よろしいですか、と訊く。

「頼みます」

氏綱がうなずくと、以天和尚が遺言を声に出して読み始める。

ひとつ、仏心を篤く敬うべきこと。

ひとつ、朝は早くに起き、日が出る頃には竈に火を熾し、洗面を終え、身支度も調えておくべきこと。

ひとつ、夜は早くに寝静まるべきこと。


遺言が読み進められるに従い、次第に氏綱が小首を傾げ、不思議そうな顔になっていく。何か気になることがあるらしいが、口を閉ざしたまま、目を瞑って耳を傾けている。

四半刻（三十分）ほどして以天和尚が遺言を読み終わると、ようやく口を開き、

「父上、これはどういうことでございますか？」

目を開けて、氏綱が宗瑞に声をかける。

しかし、宗瑞は寝息を立てている。

いつの間にか眠ってしまったのだ。

「和尚、どういうことなのだ？」

声を押し殺して、氏綱が以天和尚に訊く。

「昨日、韮山さまがおっしゃった通りに書き取っただけでございます」

「ふうむ、父上がのう……」

遺言のほとんどは、かつて宗瑞自身が書き起こして、家族や家臣、領民たちに与えた「早雲寺殿廿一箇条」と同じような内容なのである。

それ以外にも宗瑞の葬儀に関する指図、今川家や真里谷武田氏との関係に関する指図、両上杉家への対応、国境の防備、年貢に関する取り決めなどといった重要な内容も含まれているが、全体に占める割合は少ない。

なぜ、わざわざ「早雲寺殿廿一箇条」と同じことを遺言に記したのか、氏綱はその真意を測りかねて怪訝な顔になったのである。

「どれを取っても大切なことばかりでございますから、改めて、その大切さを御屋形さまや若君に教え諭したかったのではないでしょうか」

以天和尚が意見を述べる。

「そうかもしれぬが……」

腑に落ちない、という顔である。

なるほど以天和尚の言う通りかもしれない。

だが、そうでないとすれば、宗瑞の頭の中で過去と現在の記憶が混濁してしまい、かつて「早雲寺殿廿一箇条」を書いたことすら忘れてしまったのかもしれない、と氏綱は思う。

(父上も老いたか……)

氏綱は痩せて皺だらけの宗瑞の顔を見つめながら、胸が締め付けられる気がする。

しばらくすると宗瑞が目を開け、

「十兵衛、台所から味噌壺を持ってきてくれ。これくらいのがよい」

と両手で味噌壺の大きさを示す。ちょうど伊豆千代丸の頭くらいの大きさである。

その場にいる誰もが、

（なぜ、いきなり味噌壺などを？）

と訝（いぶか）しんだが、何も言わない。

氏綱と同じように、病が宗瑞におかしなことを言わせているのではないか、と疑ったからだ。

やがて、十兵衛が戻ってくる。

「韮山さま、こんなものでよろしいでしょうか？」

「おお、ちょうどよい大きさじゃ。それでよいわ。氏綱よ、さっきの遺言に葬儀のことが書いてあるのを聞いたな？」

「はい」

「わしが死んだら、体を燃やして骨にし、できるだけ金のかからぬ葬儀をせよ、と」

「そう聞きました」

「わしの骨は、この味噌壺に収め、香山寺に安置するのだ」

「え」

氏綱がぎょっとする。

驚いたのは氏綱だけではない。皆、驚いた。驚いていないのは、金時と戯れている伊豆千代丸だけである。

「いくら何でも味噌壺などに父上の遺骨を入れることはできませぬ」

氏綱が首を振る。

「そうはいかぬ」

宗瑞が氏綱を睨む。

「いくらわしが葬儀に金をかけるなと遺言したところで、いざ葬儀を営むことになれば、何だかんだと金がかかるものよ。おまえは孝行者ゆえ、きっと、わしのために立派な葬儀をしてやろうと考えるに違いない。以天和尚だけでは足りぬと考え、都から立派な僧を何人も呼ぼうとするかもしれぬ。それどころか、わしのために寺を建てようなどと考えるかもしれぬ。おまえがそう考えれば、誰も反対できる者はいない。死んだ父親のためにできる限りのことをしてやりたいと言えば、韮山さまのためならば仕方ない、と皆も納得するであろう。しかし、それこそ、わしが何よりも望まぬことなのだ。葬儀に大切なのは心よ。死者を悼む心が大切なのであり、金をかけることが大切なのではない。わし一人のために大金を費やすくらいなら、その金を伊豆や相模の民のために使ってほしいのだ」

「し、しかし……」

氏綱が大汗をかいている。

「わしの骨を粗末な味噌壺に収めてしまえば、この味噌壺にふさわしい葬儀をわしが望んでいたことをおまえが忘れることはあるまい。この味噌壺に向かって多くの僧侶たちが読経するのは滑稽であろうし、この味噌壺のために寺を建てようなどとは思うまいからのう。おまえへの戒め(いまし)として、わしはこの味噌壺に入るのだ。わしの遺言、しかと飲み込んだか？」

「……」

「返答せよ」

宗瑞がじろりと氏綱を睨む。凄味のある顔である。

「承知いたしました」

氏綱ががっくりと肩を落とし、大きくうなずく。

「それでこそ孝行息子よ」

宗瑞が氏綱に微笑みかける。


その日以来、宗瑞を見舞う者が続々と韮山にやって来た。

しかし、すべての見舞い客に会うほどの体力は、もはや宗瑞にはなかった。

「そろそろ、そのときが近付いてきたらしい」

そう宗瑞が口にしたのは八月十日過ぎで、きれいに死ぬには心と体を掃除しなければならぬと言って、水だけを飲み、食べ物を受け付けなくなった。

目を閉じて眠っている時間が長くなり、目覚めると経文を唱えた。病床に詰めている以天和尚が宗瑞に和した。

いよいよ危ないという知らせが氏綱のもとに届いたのが八月十四日の夜である。

翌朝、氏綱は伊豆千代丸を伴って小田原から韮山に向かった。

永正十六年（一五一九）八月十五日、家族に見守られて宗瑞は静かに息を引き取った。

享年六十四。

法名を早雲寺殿天岳宗瑞大禅定門という。

遺体は茶毘（だび）に付され、その遺骨は小さな味噌壺に収められた。

跋

彼は来た。

そして、去って行く。

どこから来て、どこに行くのか、それは誰にもわからない。

彼自身にもわからない。

この世で彼は生きた。

鶴千代丸として備中国高越城（びっちゅうのくにたかこし）で生まれ、元服して伊勢新九郎（いせしんくろう）と名乗る。

出家してからは宗瑞（そうずい）と号す。

さして家柄がよかったわけではなく、財産があったわけでもない。

都に上って室町幕府に仕える役人になったものの、大して出世はしていない。

そんな男が運命の奔流に飲み込まれ、必死にもがいているうちに、いつしか城持ちとなり、ついには伊豆と相模の二ヶ国を領する大名にのし上がった。

風雲児と呼ぶにふさわしい、波瀾万丈の生涯であろう。

だが、彼は決して非凡な男だったわけではない。

それは彼自身がよく知っていた。身の程を知っていたから、高望みすることなく、自分にできることを地道にこなしただけのことである。

一椀の粥を施すことで、飢えた者を一日生き長らえさせることができると知ったとき、彼は自分が何を為すべきか悟った。

最初は一椀の粥を施す力しかなかった。

それが二椀になり、三椀になる頃には、彼に従って、彼と共に歩いて行きたいという者たちが現れてきた。

彼を慕う者が増えていったのは、喩えれば、小さな流れが寄り集まって、ついには大河となったようなものであり、その流れの巨大さが彼を大名にまで押し上げたのだ。

なるほど、彼の器は小さい。

しかし、伊豆や相模を支配していた者たちの器はもっと小さかったのだ。周辺国を見回しても、やはり、彼より器の小さい者しかいなかった。

人のために生きたい、民の暮らしを楽にしてやりたい……そう口で言うのは易しい。

それを実行するのが大変なのだ。

たとえ実行したとしても、それを継続するのはもっと難しい。

なぜなら、人間には欲がある。

欲は人間を変えてしまうのだ。

権力を手にすると、欲が大きくなる。

だからこそ、古来、権力を握った者がやることは恐ろしいほど似ている。際限なく財宝を求め、美女を貪り、酒食に溺れる。肥大する欲を満たすためには他人が苦しんでも構わないと考えるようになる。自分のことしか考えなくなってしまうのだ。

彼に非凡な点があったとすれば、権力を手にしても、己の欲が膨れあがることを許さなかったことである。徹底的に欲を抑え込んだのだ。

それは、たやすいことではない。

自分の心の中に棲む魔物との戦いである。

生半可な覚悟では魔物との戦いに勝つことはできない。

今に残る彼の肖像画を見よ。

鋭い眼光、意志の強そうな口許、痩せて引き締まった体、まるで修行僧ではないか。

魔物との終わりなき戦いが彼の肉体を研ぎ澄まし、その肉体にふさわしい強靭な精神を備えさせたのであろう。

彼は自分のためではなく、人のために生きるような人間になろうと決め、生涯をかけて己の欲と戦い続けた。その戦いに勝利し、自分がなろうとした人間となり、その人間のまま死んだのである。

その生き様は見事と言うしかない。

（完）

解説

末國善己

富樫倫太郎の大作『北条早雲』が、第五巻となる本書「疾風怒濤篇」で完結した。

本書の終盤は『早雲の軍配者』の冒頭と重なっているので、『北条早雲』全五巻から〈軍配者〉シリーズ全三作に至る壮大なサーガが見事に繋がったといえる。

素浪人から己の才覚だけで相模を支配する戦国大名になった早雲は、室町十三代将軍足利義輝を暗殺し、奈良の大仏を焼き打ちした松永久秀、京の油売りから身を起こし権謀術数を駆使して美濃一国を盗み取った斎藤道三と並び「戦国の三悪人」に数えられている。還暦を過ぎてから本格的な国盗りに乗り出した大器晩成型の武将だった早雲は、その特異な生涯もあって、尾崎士郎『伊勢新九郎』、早乙女貢『北条早雲』、司馬遼太郎『箱根の坂』、南原幹雄『謀将北条早雲』など、多くの作家を魅了してきた。

だが近年の歴史研究では、早雲は室町幕府政所頭人伊勢氏の一族で、備中伊勢氏の庶家・伊勢盛定の子・盛時であるとの説が有力視され、素浪人ではなく名家の出身であることが分かってきた。また早雲の関東侵攻も、明応の政変で将軍をすげ替えるなど、武力を背景に幕政改革を進めた細川政元と連携して行われた可能性も指摘されている。

さらに早雲の生年を一四三二年より二十四年も後の一四五六年とする新説、早雲の伊豆攻めで自刃したとされてきた足利茶々丸が、伊豆から追放された後も山内上杉氏や武田氏を頼って故国の奪還を目論んでいたとの新説も出てきているようだ。

著者は、こうした最新の研究成果を踏まえ、まったく新しい早雲を描いている。実は北条早雲がこの名を使ったことを示す史料はなく、若い頃は伊勢新九郎、その後に伊勢宗瑞を用いたとされる（号は早雲庵宗瑞）。そのため著者は本のタイトルを『北条早雲』としながらも、作中では伊勢新九郎、伊勢宗瑞と記述し、解説的なパートを除けば早雲の表記を用いていない。ここからも著者のこだわりがうかがえるだろう。

父の領地だった備中で暮らす伊勢新九郎（後の伊勢宗瑞）が、京で幕府の役人になり、任務のために向かった駿河で太田道灌に出会う第一巻「青雲飛翔篇」は、民が安心して暮らせる国を作るという高い理想を抱いて政治の中心地にやって来た若き宗瑞が、理想を実現するために奮闘するだけに、青春小説を思わせる爽やかさがあった。

著者は『北条早雲』の続編『北条氏康』の第一巻「二世継承篇」の「あとがき」に、執筆の経緯を書いている。小説の依頼が途切れ作家廃業の危機に陥っていた著者は、ひとつだけ残っていた依頼が「最後の小説」になるかもしれないと「腹を括」り、自分の子供たちに「何かしら勇気を与えられる」作品を書きたいと考えた。小説の主題を「努力・友情・希望」に決めた著者が完成させたのが、晩年の早雲が、小太郎の才能を見抜き孫の氏康(やす)の軍配者にすべく足利学校に送り込む『早雲の軍配者』だった。この作品は売れ、苦境を脱した著者は『信玄の軍配者』『謙信の軍配者』を書き継ぐ。そして「出番はさほど多くなかったが、この早雲像が好評で、早雲の生涯を読んでみたいという声が多く寄せられた」ことで、新たにスタートさせたのが『北条早雲』だったのである。

「努力・友情・希望」は少年マンガのセオリーであり、このコンセプトから生まれた〈軍配者〉シリーズの流れを汲(く)んでいる『北条早雲』に、青春小説のテイストがあるのは当然のことなのかもしれない。

といっても『北条早雲』は、ただ単に史実を追っているだけではない。少年時代から新九郎の友人で、後に諜報組織のリーダーになる門都普(もんとふ)を諸国を漂泊する山の民とするなど、伝奇小説の要素が加えられており、物語がよりスリリングになっているのだ。

随所にちりばめられたフィクションの部分も、戦国時代の文化や習慣、当時の人たちの思想や宗教観をベースに練り上げられているので史実の中に折り込まれても違和感がなく、実際にこのような事件があったのではと思えるほど圧倒的なリアリティがある。

第二巻「悪人覚醒篇(あくにんかくせい)」では、新九郎が、農民を虐(しいた)げる悪徳武将を倒し、新しい世を作る覚悟を固める。タイトルにもあるように、著者は、宗瑞を自他共に認める「悪人」、もしくは「極悪人」としている。だが一貫して、圧政に苦しむ農民を救うために戦う宗瑞は、汚い手段を用いるのは敵を排除する時だけであり、味方を捨て駒にする非情な戦略を使うことも少ないので、とても「悪人」とは思えないはずだ。

現在では法や倫理に反するというネガティブなイメージが強い「悪」だが、性格や能力が畏れを抱くほど優れている時にも使われる。源頼朝の兄の源義平に「悪源太」、平家の武将・藤原景清に「悪七兵衛」の通称があるのは、秀でた武勇を「悪」の文字で表現しているからである。また中世日本の支配者は領地である荘園がもたらす利益で生活をしていたので、諸国を放浪する山の民、海の民、芸能民、遊行僧などを、自分たちの権威と権力を脅かす危険があることから「悪党」と呼んでいた。後醍醐天皇に味方し鎌倉幕府を倒した楠木正成も、近年では商業や物流を支配する「悪党」だったとされる。宗瑞が「悪人」なのは、武勇も、知略も、情愛も傑出した「悪」、農民を酷使する中世的な因習を破壊する「悪党」的な存在であるという二重の意味が込められているのである。

新九郎は伊豆討ち入りを成功させた後に名を伊勢宗瑞に改め、第三巻「相模侵攻篇」では扇谷上杉氏と山内上杉氏の対立が激化するなか、伊豆を治める足利茶々丸との戦いを進める。第四巻「明鏡止水篇」では、宗瑞が、伊豆攻め、小田原城攻めといずれも厳しい戦いを続けていった。そして完結篇となる本書では、鎌倉時代から東相模を支配している最後の障壁・三浦氏との最終決戦がクライマックスになっている。

これまでも宗瑞は、敗北したり、苦杯を舐めさせられたりしてきた。本書も、山内上杉氏の混乱に乗じ主家を裏切った権現山城の上田政盛を支援するため出兵するも、しばらくは謀叛を起こした政盛を征伐する余裕がないと考えていた山内上杉氏が、扇谷上杉家と手を組んで宗瑞の到着より早く権現山城を包囲し、政盛を救援するのが難しくなるミスを犯すところから始まる。圧倒的に不利な状況に追い込まれた宗瑞は、たとえ局地戦に敗れたとしても、次の戦いが有利になるような戦略を進めていくのである。

著者が、何度失敗しても夢を諦めず、失敗を糧にしながら名将へと成長した宗瑞の人生を描いたのは、勤務先が倒産したり、何らかの都合で退職したりすると、元の会社より有利な条件で再就職するのが難しく、一度転落すると再チャレンジできない状況が「希望」を奪っている現代日本への批判のように思えた。

権現山城の戦いの後、宗瑞の勢いに衰えを見た三浦氏が立ち、それに山内、扇谷の両上杉氏が援軍を出した。特に三浦荒次郎の活躍は凄まじく、またも宗瑞は不利になる。勝つのが難しい戦いを指揮する宗瑞は「見苦しかろうと生きるために何でもやる」「最後の最後まで諦めずにじたばたする」と語るが、これらの言葉は、厳しい社会状況に絶望している人たちに新たな一歩を踏み出す勇気を与えてくれるのではないだろうか。

ここから宗瑞は、硬軟取り混ぜた戦略を使う老獪な道寸と、その息子で配下の兵が姿を見ると脅えるほどの猛将・荒次郎が率いる三浦氏との戦いに引きずり込まれる。

若く逞しかった宗瑞と重臣たちも、当時の常識では老人といわれる年齢になり、戦場で倒れる者、病や老いで命を落とす者など、一人また一人と彼岸に旅立つ。このせつなさと寂寥感は、有力武将の死を叙情豊かに描いた『平家物語』の後半を彷彿させる。

宗瑞の夢に共鳴し、宗瑞と共に実現に向けて茨の道を走り続けた側近たちが、その完成を宗瑞に託して死んでいく中盤以降は、理想の国家とは何か、そして美しく生きるとは何かなど、著者が第一巻から問い掛けてきたテーマを改めて浮かび上がらせていく。

宗瑞は、為政者に重い税と使役を課され生死の瀬戸際にあった農民を支配下に入れると、税率を下げたり、略奪から守ったりして安全に暮らせるようにした。農民たちも善政を敷いてくれる宗瑞を慕い、さらによい国にするため懸命に働くようになる。

誰もが税金は高いより安い方がいいと考えるだろうが、宗瑞の真価は減税そのものにあるのではない。減税で余力が出た農民たちは、独自の判断で産業規模を拡大するなどの方策を取るようになる。こうした流れに触れると、宗瑞が作ろうとしたのは、働く人たちが労働できることに喜びと「希望」を見いだし、上から下までが協力しながら社会を支えていくシステムだったように思える。宗瑞が作った理想の国には、低賃金で、キャリアアップができない非正規労働者を増やしたことで労働の現場から喜びと「希望」が消え、増税をしては税金を無駄に使っている政府への不信が募っている日本を、これからどのような国にするべきなのか、その手掛かりが詰まっているのである。

さらにいえば、盟友の門都普は、宗瑞の凄さは高い理想を掲げたことだけではないという。すべての改革は民を救うという純粋な想いから始まるが、改革派が主流派を倒したら、改革派が堕落し、民を圧政で支配するようになる。そのことは、天命を大義名分にした易姓革命で、堕落した前王朝を倒して新政権を樹立した中国の王朝が、ことごとく腐敗した歴史を見ても真理だといえる。だが宗瑞は、改革派から主流派になっても、理想を貫き絶対に節を曲げなかった。門都普は、これこそが宗瑞の「希有」なところだというのだ。

景気は回復基調にあるといわれ続けているが、経済格差が解消されていない現代の日本では、金を稼ぐためなら手段を選ぶ必要はないとの風潮が広まっている。自らの欲望を抑え、他人を幸福にするため人生を捧げた宗瑞は、欲望を刺激する高度資本主義社会を生きる現代人に、美しく生き、死んでいくとは何かも示してくれているのである。

宗瑞が一代で築き上げた伊勢氏は、姓を北条氏に改めるが、豊臣秀吉の小田原征伐で滅ぼされるまで宗瑞が掲げた理想を守り続けた「希有」な一族である。先にも述べたが、著者は『北条早雲』の続編として、三代当主氏康を主人公にした『北条氏康』をスタートさせた。読者が現代に蘇って欲しいと願うほどのユートピアを作り、維持した北条一族を描く著者のサーガが、現代社会にどんなテーマを投げ掛けていくのか。続刊の登場を楽しみに待ちたい。

（すえくに・よしみ　文芸評論家）

単行本　二〇一八年六月　中央公論新社刊

中公文庫

北条早雲(ほうじょうそううん) 5
——疾風怒濤篇(しっぷうどとうへん)

2020年6月25日　初版発行

著　者　富樫倫太郎(とがしりんたろう)

発行者　松田陽三

発行所　中央公論新社
〒100-8152　東京都千代田区大手町1-7-1
電話　販売 03-5299-1730　編集 03-5299-1890
URL http://www.chuko.co.jp/

DTP　嵐下英治
印　刷　三晃印刷
製　本　小泉製本

Published by CHUOKORON-SHINSHA, INC.
Printed in Japan　ISBN978-4-12-206900-8 C1193

各書目の下段の数字はISBNコードです。978－4－12が省略してあります。

中公文庫既刊より

と-26-26
早雲の軍配者（上）
富樫倫太郎
北条早雲に見出された風間小太郎。軍配者となるべく送り込まれた足利学校では、互いを認め合う友に出会い――。新時代の戦国青春エンターテインメント！
205874-3

と-26-27
早雲の軍配者（下）
富樫倫太郎
互いを認め合う小太郎と勘助、冬之助は、いつか敵味方にわかれて戦おうと誓い合う。扇谷上杉軍へ攻め込む北条軍に同行する小太郎が、戦場で出会うのは――。
205875-0

と-26-28
信玄の軍配者（上）
富樫倫太郎
駿河国で囚われの身となったまま齢四十を超えた山本勘助。焦燥ばかりを募らせていた折、武田信虎による実子暗殺計画に荷担させられることとなり――。
205902-3

と-26-29
信玄の軍配者（下）
富樫倫太郎
武田晴信に仕え始めた山本勘助は、武田軍を常勝軍団へと導いていく。戦場で相見えようと誓い合った友たちとの再会を経て、「あの男」がいよいよ歴史の表舞台へ！
205903-0

と-26-30
謙信の軍配者（上）
富樫倫太郎
越後の竜・長尾景虎のもとで軍配者となった曾我（宇佐美）冬之助。自らを毘沙門天の化身と称する景虎の前で、いま軍配者としての素質が問われる！
205954-2

と-26-31
謙信の軍配者（下）
富樫倫太郎
冬之助は景虎のもと、好敵手・山本勘助率いる武田軍を前に自らの軍配を振るい、見事打ち破ることができるのか⁉「軍配者」シリーズ、ここに完結！
205955-9

と-26-38
白頭の人　大谷刑部吉継の生涯
富樫倫太郎
近江の浪人の倅はいかにして「秀吉に最も信頼される男」になったのか――謎の病で容貌が変じ、周囲に疎まれても義を貫き、天下分け目の闘いに果てるまで。
206627-4